Anonymous

Der Mönch vom Montaudon

Ein pronenzalischer Troubadour

Anonymous

Der Mönch vom Montaudon
Ein pronenzalischer Troubadour

ISBN/EAN: 9783743697751

Hergestellt in Europa, USA, Kanada, Australien, Japan

Cover: Foto ©Andreas Hilbeck / pixelio.de

Weitere Bücher finden Sie auf **www.hansebooks.com**

DER MÖNCH VOM MONTAUDON,

EIN PROVENZALISCHER TROUBADOUR.

SEIN LEBEN UND SEINE GEDICHTE,

BEARBEITET UND ERLÄUTERT MIT BENUTZUNG
UNEDIRTER TEXTE

AUS DEN

VATICANISCHEN HANDSCHRIFTEN
NR. 3206, 3207, 3208 UND 5232,

SOWIE DER

ESTENSISCHEN HANDSCHRIFT IN MODENA.

(AUSZUG.)

INAUGURALDISSERTATION

ZUR

ERLANGUNG DER PHILOSOPHISCHEN DOCTORWÜRDE

AUF DER

UNIVERSITÄT LEIPZIG

VON

EMIL PHILIPPSON

AUS MAGDEBURG.

HALLE.

BUCHDRUCKEREI VON KARRAS.

1873.

SEINEM INNIG VEREHRTEN, UM IHN HOCH VERDIENTEN

ONKEL UND GÖNNER

LESSER EPHRAIM

IN GÖRLITZ

IN TREUER LIEBE UND DANKBARKEIT

GEWIDMET

VOM

VERFASSER.

Die uns unter dem Namen des Mönches von Montaudon überlieferten provenzalischen Gedichte nehmen in der Troubadourdichtung eine so eigenthümliche Stellung ein, dass sie eine eingehendere monographische Behandlung wohl verdienen. [1] Dem Ende des 12. Jahrhunderts, also der eigentlichen Blüthezeit der südfranzösischen höfischen Poesie angehörend, athmen sie doch nur wenig von dem, was sonst den hauptsächlichen Gedanken- und Gefühlsinhalt dieser ganzen Literaturperiode ausmacht und in tausendfachen Variationen und oft spitzfindigen Ausführungen immer von neuem vorgebracht uns ihre Erzeugnisse nicht selten eintönig und individuellen Gehaltes baar erscheinen lässt. Zwar hat der Mönch von Montaudon, der Sitte der Zeit gemäss, ebenfalls eine Anzahl in ihrer Art vortrefflicher Minnelieder gedichtet, auch fesseln sie uns nicht wenig durch den darin sich offenbarenden scharfen Verstand und die häufige Anwendung passender, oft schlagender Vergleiche; doch fehlt es ihnen an Natürlichkeit und Wärme der Empfindung und man merkt es ihnen leicht an, dass der Dichter zu sehr Verstandesmensch war, um den überschwänglichen Gefühlen und Anschauungen der zeitgenössigen Liebesdichter nachzukommen. Höfischer Brauch verlangte es einmal, dass er auch der Liebe und der Schönheit seinen Tribut zollte, mit dem

---

[1] Etwas ausführlicher haben bisher von dem Mönch von Montaudon gehandelt:

Millot, Hist. litt. des Troubadours III. p. 156—175.

Hist. litt. de la France XVII. p. 565—568.

Diez, Leben und Werke der Troubadours S. 333—343.

Fauriel, Hist. de la poésie provençale II. 190—197.

Eine gute Characteristik giebt von ihm auch Fr. Hüffer in den Grenzboten, 28. Jahrgang 1869, 1. Semester, Bd. 2: Provenzalische Streit- und Rügelieder, S. 44 ff.

Herzen war er nicht dabei betheiligt. Die Waffen, die er vor allen zu führen liebt — und wir müssen gestehen — mit Meisterschaft führt, sind die des Witzes und des Spottes,. und seine Pfeile richten sich nicht zum Wenigsten gegen das Allerheiligste des ritterlichen Fühlens, gegen die Frauen. Lebenslustig, den Freuden der Tafel und der Geselligkeit nicht abgeneigt, in seinen poetischen Schöpfungen entschieden zu derber Realistik neigend und selbst den Cynismus nicht verschmähend, ein Mann, der die kleinen Schwächen und Fehler der Menschen leicht bemerkt und schonungslos, mehr zur eignen Belustigung, als zum Zweck der Besserung, aufdeckt und lächerlich zu machen versteht, mehr dem Waffenspiel der ritterlichen Kreise, als den Andachtsübungen der Klosterzelle zugethan, so tritt uns sein Bild aus seinen Liedern entgegen. Sein Spott und seine Rüge betreffen zwar vorzugsweise die Kleinigkeiten und Aeusserlichkeiten des Lebens, und seine satirischen Gedichte haben nichts von dem rücksichtslosen Ungestüm und der heldenhaften Gesinnung Bertran de Born's, von dem erhabenen Ernst und der moralischen Kraft Peire Cardenal's oder der glühenden Leidenschaft eines Guillem Figueira, doch sind sie darum nicht minder reich an interessantem Inhalt und mannigfachem für die Culturgeschichte wichtigen Material.

Was uns die Lebensnachricht[2]) über den Mönch von Montaudon mittheilt, findet in seinen Liedern Bestätigung und lässt sich durch sie theilweise erweitern und ergänzen. Danach stammt er aus adliger Familie und sein Geburtsort ist die Burg Vic bei Aurillac in der Auvergne, jetzt Vic-en-Carladès oder Vic-sur-Cère genannt, im départ. Cantal, arrondiss. Aurillac. Vielleicht ein jüngerer Sohn des Hauses wurde er für den geistlichen Stand bestimmt und in die berühmte Bene-

---

[2]) gedruckt in Mahn, Biographien der Troub. Nr. XIII. nach Hs. B; Herrig's Archiv 50, 246 nach P; Raynouard, Choix 5, 263; Parnasse occitanien 294; Mahn, Werke 2, 57.

dictinerabtei zu Aurillac³) (gegründet 892 von St.
Gerald, Grafen von Auvergne, damals zur Diöcese
Clermont, seit 1316 zu der davon abgezweigten St. Flour
gehörig, Gallia Christiana II. 285) als Mönch aufgenommen. Der Abt⁴) gab ihm dann die Priorei Montaudon⁵), wohl weniger seiner geistlichen Eigenschaften wegen, als um dem jungen lebenslustigen adligen
Manne eine einträgliche und freiere Bewegung gestattende Stellung zu verschaffen. Jedenfalls wurde der
neue Prior gar bald in der ritterlichen Gesellschaft
seiner Nachbarschaft eine bekannte und beliebte Persönlichkeit. Seine den Damen dargebrachten poetischen
Huldigungen, sowie die witzigen Sirventesen, zu denen
ihm die Verhältnisse und Vorfälle der Gegend hinreichenden Stoff boten, machten ihn überall zu einem gerngesehenen Gesellschafter, und zuletzt veranlassten ihn
die Freunde sogar, die Stille des Klosters überhaupt
zu verlassen und inmitten des fröhlichen Treibens auf

³) Die Geschichte dieser Abtei siehe in Gallia Christiana
II. 439 ff. Einiges auch in Bouillet, *description hist. et scientif. de la haute Auvergne.* Paris 1834. Letzterer spricht
S. 151 von unserem Mönche, nennt ihn *Pierre de Vic ou Pierre
d'Auvergne, surnommé le Monge ou le Moine de Montaudon,*
und setzt ihn, darin Millot folgend, in's 13. Jahrh. Seine Angabe beruht auf einer offenbaren Verwechselung mit Peire
d'Alvergne aus Clermont.

⁴) Es wird der von der Gall. Chr. II. 444 als 20. Abt von
Aurillac erwähnte Eblo oder Ebbo zw. 1144 und 1169, oder
noch wahrscheinlicher sein Nachfolger Petrus V, zuletzt in
einer Urkunde vom Jahre 1195 erwähnt, sein.

⁵) Von der Existenz oder geographischen Lage einer solchen
wissen wir sonst nichts, indem weder Gall. Chr. noch Bouillet
noch irgend ein geogr. Lexicon darüber Auskunft geben. Etymologisch scheint es *„Berg des Aldus"* zu bedeuten, und es
würde nach Lage und Namen am ehesten noch zu dem vom
Dictionnaire Universelle de la France (Paris, Saugrain
1726) angeführten Flecken Montaud im Forez, Diöcese Lyon
stimmen. Wahrscheinlich aber war es, obwohl sie nach dem
Zeugniss der Biographie eine eigne Kirche besass, eine wenig
bedeutende Priorei, die durch die Wirren und Verwüstungen
des bald nachher ausbrechenden Albigenserkrieges, ohne Spuren
zu hinterlassen, ihren Untergang fand.

1 *

ihren Schlössern und Burgen ihre Gastfreundschaft zu
geniessen. Doch legte er das Mönchsgewand nicht ab
und verlor den Vortheil seiner Priorei nicht aus den
Augen; die reichlichen Geschenke, die ihm seine dich-
terischen Erzeugnisse einbrachten, wandte er ihr zu und
trug dadurch nicht wenig zur Hebung ihres Wohlstan-
des und zu ihrem äusseren Gedeihen bei.

Als wandernder Sänger trat er mit den ersten Männern und Machthabern der Zeit, den damaligen Lenkern
der Geschicke des abendländischen Europas in nahe
Beziehungen. So gewann er, wie uns Gedicht Nr. 12.
lehrt, die Gönnerschaft König Philipps II. August
von Frankreich und Richards Löwenherz und er-
freute sich besonders der „Milde" des Letzteren in hohem
Grade. Auch die Bekanntschaft des oftmals in Regie-
gierungsangelegenheiten in seinen südfranzösischen Besitzungen sich aufhaltenden Königs Alphons II. von
Aragonien machte er und fasste sogar den Entschluss
ihn in Spanien an seinem Hofe selbst zu besuchen.
Doch, ob nun dem Abt sein weltliches Leben missfiel,
oder ob er es selber nicht länger mit seinem geistlichen
Kleide vereinigen zu können glaubte, er führte aus irgend welchem Grunde seine Absicht nicht sogleich aus
und ging in seine Priorei nach Montaudon zurück (Siehe
Ged. XII. v. 31—32.) Ein bis zwei Jahre (XII. v. 10)
verlebte er hier in klösterlicher Zurückgezogenheit, und
schon glaubten ihn die alten Freunde und Gönner für
die Welt verloren, als im Jahre 1193 (wie uns die damals gedichtete Tenzone Nr. XII. zeigt) der Wunsch,
in das Leben an die Höfe der Grossen zurückzukehren,
in ihm sich unwiderstehlich regte. Am liebsten hätte
er seinen alten Wohlthäter Richard Löwenherz aufge-
sucht; da dieser aber zur Zeit grade sich in der Gefangenschaft befand, beschloss er sich an den Hof Alphons II. von Aragonien zu wenden. So trat er denn
vor seinen Abt in Aurillac hin und, sich auf die viel-
fache Förderung berufend, die die Priorei Montaudon
durch ihn und seine Thätigkeit als wandernder Troubadour erfahren hatte, bat er um die Erlaubniss, aus

dem Kloster scheiden und über die Einrichtung seines
künftigen Lebens sich die Weisungen Königs Alphons
einholen zu dürfen. Der Abt gab nach, gewiss nur mit
der Bedingung, dass er auch fernerhin den Gewinn
seiner Kunst dem Kloster zu Gute kommen liesse, und
der König gebot ihm Fleisch zu essen, dem Frauen-
dienst sich zu widmen, zu singen und zu dichten, —
Gebote, denen der Mönch gerne nachkam.[6]) Er scheint
dann als Fahrender weit herumgekommen zu sein; in
dem 1194 entstandenen Gedichte, (Nr. XIIII.) wo er
St. Julien sich über die abnehmende Gastfreundschaft
beklagen lässt, bespricht er — und ohne Zweifel doch
aus eigner Anschauung und nach persönlichen Erfah-
rungen — Toulouse, Carcassonne, Albigeois, Catalonien, Périgord, Limousin, Quercy, Rouergue,
Gévaudan, Auvergne, Provence, Gascogne und
Vivarois; nach Canz. I. v. 75. hielt er sich längere
Zeit in Poitou, d. h. am Hofe Königs Richard, und in
Angoumois auf; auch nach III. v. 56 war er mit dem
„wackeren" Grafen von Angoulême befreundet, nach
XVII. v. 20 mit dem Grafen von Toulouse. Ob er
damals erst oder schon in seiner früheren weltlichen
Periode die Bekanntschaft Marias von Ventadour,
der er einige Liebescanzonen (Nr. I. IV. VII. u. IX.), gewidmet hat, sowie ihrer Schwester Elise von Montfort,
die er XIII. v. 17 lobend erwähnt, gemacht hat, lässt
sich nicht mit Sicherheit entscheiden.

Die Biographie erzählt dann weiter, der Mönch sei
zum Herren der Hofhaltung zu Puy-Sainte-Marie
gemacht worden, und habe das Amt erhalten, den Sperber zu geben.[7]) Lange Zeit habe er diesen Posten

---

[6]) X, 100 sagt er selber von sich: *et a laissat dieu per baco.*
— Dass übrigens ein Pfaffe in dieser Weise die Lebensart eines
wandernden Singers führen durfte, steht nicht vereinzelt in der
provenz. Literaturgeschichte da. Man denke an Peire Rogier,
Gausbert de Poicibot, Gui d'Uisel u. a. m. Vgl. Diez,
Poesie der Troub. S. 34. —

[7]) Daher heisst es auch in Hs. *A* fol. 120ᵛ, in einer für den
Miniaturmaler bestimmten Bemerkung: *Lo Monges de Montau-*

inne gehabt, bis sich der Hof auflöste. Schon Diez, Poesie S. 27 — und Fauriel II. 191 folgte ihm hierin — hat auf die zum Verständniss dieser Notiz wichtige Erzählung der Cento novelle antiche von einem gewissen Alamanno hingewiesen. Hier wird der Hof von Puy Ste Marie[8]), dessen Pracht auch Richart von Barbezieux (Rayn. Ch. V. 434: *E si la cortz del Puei el ric bobans* etc.) gedenkt, uns genau beschrieben. Danach war es ein periodisch wiederkehrendes ritterliches Fest, zu welchem die Barone und Ritter, die Troubadours und Jongleurs aus ganz Südfrankreich zusammenströmten. Hauptzweck desselben waren ritterliche Spiele, dichterische Uebungen waren Nebensache und eine durch die Gelegenheit von selbst sich einfindende gern gesehene Verschönerung des Festes. Ein Sperber war auf einer Stange inmitten des Turnierplatzes festgebunden[9]), und wer für das betreffende

---

don, monego a caval cum I sparaver in pugno (Bartsch in Ebert's Jahrb. 11, S. 20). Doch findet sich der Sperber auf der Faust auch sonst als Abzeichen des Ritters, so Breviari d'Amor v. 7227 im Abschnitt *de la natura dels mezes de l'an* vom Mai (Eb.'s Jahrb. 2, 349):

> *Adonc s'entremet d'amar*
> *Tota qu'es sentens creatura,*
> *Per aysso mays en la penchura*
> *Es peynhs a ley de chavalier*
> *Sul punh portant son esparvier. —*

Wie die Hist. litt. de la Fr. XVII, 565 obige Notiz auffasst, wurde der Mönch ein *porteur d'épervier du roi!*

[8]) Hauptstadt von Veley mit einer altberühmten Wallfahrtskirche der Madonna.

[9]) Man vergleiche dazu die Rolle, die der Sperber auf der Stange in den von den afrz. Romanen beschriebenen Turnieren spielt. Hier erklärt derjenige Ritter, welcher seine Dame den Sperber losbinden und herabnehmen lässt, dieselbe dadurch für die schönste aller Frauen und sich für bereit, diese Behauptung allen anders Denkenden gegenüber mit den Waffen zu vertheidigen. Siehe Erek v. 559 ff. 589. ff; Rom. de Durmart le Galois (im Auszuge mitgetheilt aus der Berner Hs. von Förster in Ebert's Jahrb. Bd. I. neue Folge, ib.) S. 82 ff; ebenso im deutschen Erek v. 188 ff. und im Parzival 135, 11. 178, 12. 277, 27. 406, 19.

Jahr die Kosten der Hofhaltung tragen wollte, hatte ihn loszubinden und auf seine Faust zu nehmen. Ein Sperber [10]) war auch jedenfalls der Siegespreis für den besten Ritter, und somit will die Biographie wohl nichts anderes sagen, als dass unser Dichter einer der vier, von der Novelle erwähnten Preisrichter war.

Da zu dieser Zeit Robert I., Delphin von Auvergne (1169—1234), bekannt durch seine prächtige Hofhaltung und als Gönner der Troubadours, auch selber Dichter und Richter des Gesanges, (Siehe Diez L. und W. 107 ff.) Velcy besass, war er wohl der eigentliche Urheber dieser Feste und der, welcher dem Mönch obiges Amt verlieh.

Später, als das Fest eingegangen war, wandte sich der Mönch nach Spanien und fand hier bei den Königen und allen Herren und Edelleuten des Landes die günstigste Aufnahme. Zuletzt gab ihm sein Abt eine von der Abtei zu Aurillac abhängige Priorei in Villafranca in Spanien, womit nur die von Barthélemy (Étude sur les établissements monastiques du Roussignol. Paris 1857, p. 32) erwähnte Benedictinerpriorei St. Pierre de Belloc zu Villefranche in dem damals mit Catalonien verbundenen Roussignol gemeint sein kann, wenngleich sie nach demselben Autor zur Abtei St. Martin au Canigou gehörte. Nachdem er auch sie bereichert und mannigfach gefördert hatte, verstarb er daselbst. Sein Todesjahr ist nicht festzustellen, jedenfalls erlebte er noch, wie die in der cobla esparsa (Ged. Nr. XXI.) vorkommende Erwähnung König's Johann von England zeigt, die ersten Jahre des 13. Jahrhunderts.

Zu erwähnen ist noch, dass aus dem verloren gegangenen Sammelwerke *Flores dictorum nobilium provincialium* im Originalmanuscript von Franc. da Barberino's (1290 begonnenem) Werke „*Documenta Amoris*" Bl. 35 v. folgender Ausspruch des Mönches erhalten ist:

[10]) Auch im franz. Feste *de l'espinette* war ein goldner Sperber der Siegespreis. Siehe Diez l. c.

*magis te sequor, amorem, ut sis mihi frenum ad vitia et
semita delectabilis ad virtutes, quam ut !ui principii vi
fuerim tractus ad gloriam.* (Siehe Bartsch, Eb. Jahrb.
11, S. 50.). Dasselbe Werk berichtet dann noch Bl.
42 v. (Bartsch ib. S. 51) unter anderen Belegen zu
seinen *regulae moris* nach dem Mönch von Montaudon
eine in Montpellier spielende Erzählung.

Im Folgenden ist der Versuch gemacht, von den
uns überlieferten Gedichten des Mönches von Montaudon
einen möglichst lesbaren und kritisch sorgfältig redi-
girten Text zu geben. Dem Herausgeber standen ausser
den handschriftlichen Publicationen Mahn's, Grützma-
chers und Stengels, den mehr oder minder kritischen
Ausgaben einzelner Lieder in Raynouard's Choix, Rochegude's Parnasse Occitanien und in Bartsch's proven-
zalischem Lesebuch und Chrestomathie, noch durch die
gütige Vermittelung des Herren Prof. Ad. Mussafia
in Wien die betreffenden Copien aus der Estensischen
Hs. in Modena, sowie die der in Betracht kommenden
Vaticanischen Hss. durch freundliche Ueberlassung
seitens des Herren Prof. Edm. Stengel in Marburg zu
Gebote. Es hat ihm also nicht an dem nöthigen handschriftlichen Material gefehlt; das Wenige, was eine Benutzung der noch restirenden Pariser Hss. ausserdem
hätte bieten können, hofft er in einem späteren Nach-
trage bald ergänzen zu können. Jedenfalls hat schon
jetzt bei gewissenhafter Ausbeutung der zur Verfügung
stehenden Quellen manches aufgehellt und gegenüber
den bisherigen Editionen verbessert werden können.

Ueberall sind die Abweichungen der Hss. unter einander unter dem Texte genau und vollständig gesam-
melt, sodass eine Nachprüfung des hier gegebenen leicht
ist. Nur rein orthographische Varianten [11]), Fehler gegen die Nominalflexion und unterlassene Elision des
auslautenden unbetonten *a* und *e* vor folgendem Vokal,

---

[11]) So z. B., wenn D. durchgängig *z* für *tz* im Auslaut
schreibt, *n* u. *m* in- und auslautend häufig verwechselt etc.

wo sie doch durch das Versmass geboten ist, sind über-
gangen worden, um den stellenweise schon etwas stark
angeschwollenen kritischen Apparat nicht unnütz noch
mehr zu beschweren. — Die Bezeichnung der Hss. ist
die von Bartsch in seinem Grundriss zur Geschichte der
prov. Liter. (S. 27 ff.) gegebene, auch sonst ist von seinen Abkürzungen beim Citiren bekannter Werke Ge-
brauch gemacht. In der Orthographie wird man mehrfach Abweichungen von der bei Raynouard u. Bartsch
gebräuchlichen bemerken, indem mehr nach der der
Hss. A, B, D und J geschrieben ist. Ueberhaupt galt
als oberster kritischer Grundsatz beim Herstellen des
Textes, die Lesart der genannten, C und den anderen
weniger wichtigen Hss. gegenüber in näherer Verwand-
schaft zu einander stehenden Hss. [12]) möglichst durchgängig aufzunehmen. Nur wo sie unter einander vari-
irten, oder einige derselben in Gemeinschaft mit C und
dessen Angehörigen gegen A oder D sprachen, oder wo
sie offenbare Fehler gemeinsam enthielten, ist von Letzteren abgegangen worden. Dass endlich ziemlich häufig das Recht der Conjecturalkritik benutzt wurde, ist
bei dem Zustande unserer Ueberlieferung wohl er-
klärlich.

Die beigefügten Anmerkungen sind theils metri-
scher, theils kritischer sowie sachlich, sprachlich und
litterarhistorisch erklärender Natur. Hoffentlich lassen

---

[12]) Dass dies wenigstens für die Ueberlieferung unseres
Dichters der Fall ist, beweist schon eine flüchtige Prüfung des
hier gebotenen Variantenapparates, sowie die mehrfach von den
übrigen gemeinsam abweichende Schreibung in A, B, D und J,
z. B. ign und ill für mouillirtes n und l (sonst meist durch nh
und lh wiedergegeben), it für harten palatalen Auslaut (sonst
verschieden durch ch, g, h, in Don. prov. S. 44ᵇ durch th aus-
gedrückt) etc. — Der Mangel einer genauen Prüfung des kritischen Werthes, den die zahlreichen prov. Liederhandschrif-
ten im Allgemeinen sowohl, als ganz besonders für die Lieder-
sammlungen der einzelnen Dichter in ihnen haben, macht sich
jedem Herausgeber provenzalischer Texte sehr fühlbar. Ihm
abzuhelfen wäre ein ebenso verdienstliches, als beim jetzigen
Stande unserer Kenntniss der Handschriften immer noch schwie-
riges Unternehmen.

sie keine Dunkelheit des Textes unberührt und bringen
auch wirklich einiges Licht hinein. Bei den Canzonen
ist es oft schwierig zu verfolgenden Gedankenganges
wegen eine kurze Inhaltsangabe dem Commentar vorausgeschickt. — Schliesslich kann ich es nicht unterlassen an dieser
Stelle noch einmal öffentlich meinen innigsten Dank
den Herren Proff. Mussafia und Stengel für die
grosse Freundlichkeit und Bereitwilligkeit auszusprechen,
mit denen sie meiner Bitte um Ueberlassung der betreffenden Copien nachgekommen sind, sowie Herrn
Prof. Tobler für das lebhafte Interesse und die man-
nigfache Förderung, die er mir sowohl überhaupt als
auch speciell dieser Arbeit hat zu Theil werden lassen.
Hat letztere einigen Werth, so verdanke ich es wesent-
lich diesen hochgeschätzten Männern.

Sirventesen.

X.

1. Pois Peire d'Alvergn' a chantat
   Dels trobadors que son passat,
   Chantarai eu mon escien
   D'aquels que pois si son levat;
   E no m'ajon ges cor irat   5
   S'ieu lor crois mestiers lor repren.

2. Lo primier met de Saint Leidier
   Guillem que chanta voluntier,

X. *Gedruckt R. 4, 368. MW. 2, 60. Bei P. Meyer, Les
derniers troubadours Paris 1871, p. 136 die Strophen 2—4,
6—8, 10, 13, 15, 17 nach C, J, biblioth. nation. 12474 u. 22543.
Hier noch benutzt A. D. u. L. Uebersetzt ist es von Kannegiesser, Ged. der Troub. Tübingen 1852, S. 230; von Diez, L.
u. W. S. 337, Str. 1. S. 349, 7. S. 338, 17.*
   1. Per daluergne *D L.*   2. qu'en *Rayn.*   3. Chantarai
al *D*, a *Rayn.* ieu al mieu *L.*   4. leva *D*, si *fehlt L.* pueissas
an trobat *Rayn.*   5. E ia non aian *D L.*   6. maluaichs faichs
D. Rayn, maluasz motz *L.*   7. Lo primers (primes *L.*) es *D L.*

Et a chantar mout avinen;
Mas quar son desirier non quier   10
Non vuoill aver lo sieu mestier,
Car es d'avol acoillimen.

3. El segons de Saint Antoni
Vescoms qu'anc d'amor nos jauzi
Ni fo de bel comensamen,   15
Car la primieira s'eretgi,
Si qu'anc pois autra no queri.
Sici uoill nuoit e jorn ploran s'en.

4. E lo tertz es de Carcasses
Miravals ques fai mout cortes   20
E dona son castel soven;
E noi estai ges l'an un mes
Ni anc mais calendas noi pres,
Per que noil ten dan quil se pren.

5. El quartz Peirols us Alvergnatz   25
Qu'a trent' ans us vestirs portatz,
Et es plus secs de leign' arden
E sos chantars es sordeiatz;
Qu'anc pus s'i fon enbaguassatz
A Clarmon, no fetz chan valen.   30

Rayn. P M. disder *D L.* Desdier *Rayn. P M.*   8. Guillems *D L.*
Rayn. P M.   9. pro dauinon *A.* chantat mot au. *L, Rayn. P M.*
10. el son destrer *D.* deseret *A.*   11. pot auer null bon m. *D.*
Rayn. P M.   12. Et *D L. Rayn. P M.* ta uol *L.*   13. Los *D.*
Lo *L. Rayn. P M.*   14. nos *felht D,* non *L. Rayn. P M,*
15. Ni no fez bou e. *D L. Rayn. P M.*   16. seretga *A,* seratgi
P M. 'l a tray *Rayn.* Qab la primeira se reten *L.*   17. Et anc
D L. Rayn. P M. al re *D.* *P M.* altre no conqi *L.* re non li qu.
Rayn. 18. ploram *P M.*   19. ters *Rayn.*   20. qesz *D.* que fai
motz *Rayn.*   21. Que *D.*   22. sta *L.* lan ges *D L. Rayn P M.*
23. Et *L, Rayn. P M.*   24. ten om *L.* no i ha-qu'il *Rayn.*
25. Lo *D L, Rayn.*   26. XXX *A D.* tres ansz *L.* ans *fehlt D.*
vestitz *L.*   27. seichs *L.*   28. es sos chantars *Rayn.* toz sos
ch. *D.* peioraz *D, Rayn.* E totz ses ch. peiuratz *L.*   29. se fo
D. se fa en hagassatz *L.*   30. fes *L, Rayn.*   31. cinquen-

6. El cinques es Gaucelms Faiditz
    Que de drut s'es tornatz maritz
    De leis que sol anar seguen;
    Non auzim pois routas ni critz;
    Ni anc sos chantz no fon auzitz   35
    Mas d'Uzerca entro qu'Agen.

7. El seizes Guillems Ademars
    Qu'anc no fo plus malvatz joglars;
    Et a pres maint vieill vestimen
    E fai de tal loc ses chantars   40
    Don non es sols ab trenta pars;
    E veil ades paubr' e sufren.

8. Ab Arnaut Daniel son set
    Qu'a sa vida ben no cantet,
    Mas fai uns motz qu'om non enten,   45
    Puois la lebr' ab lo bou casset
    E contra suberna nadet,
    No vale sos chantz un aguilen.

9. El oites Arnautz de Mervoill
    Que totz temps es de paubr' escuoill,   50
    Car si dons no'n a chauzimen
    E fai o mal quar nol acuoill,
    Qu'ades claman merce siei uoill;
    On mieills chanta, l'aigua'n deissen.

ioselms *D*. 32. es de drut *Rayn*. drutz *L*. 33. amar *L*.
34. au hom *L*. ne *D*. 36. dun sege *L*. qaien *D*, entroc airen *A*.
37. sei sens *L*. Guilelms *L*. 40. tals lo *L*. 41. a XXX *A D*.
es a sos trenta p. *Rayn*. 42. ueilla des *L*. 44. Qab *L*.
45. Mais uns fols moz *D L, Rayn. P M.*. 46—47. Canc pois
per suberna nadet. ni la lebre ab lo lou casset *A*. 46. ca-
chet *L*. 47. Encoutra *L*. 48. ual *L*. 49. *Die 9. Str. ist
in D, L, Rayn. die 10.* — El nonens *D L*. noues *Rayn. P M.*
maroill *D L*. N Arn. *Rayn*. 50. Qades lo uci danol escoill
D, L, Rayn. P M. 51. E si *D L, Rayn. P M.* no a *L*. non a
Rayn. P M. 52. o *fehlt L*. non *D*. 53. seill *D*. 54. plus
chanta *D L. Rayn. P M.* laiga$_n^u$ (?) *A*. dissen *A. Rayn*. 55. *Die*

10.   En Tremoletal Catalans   55
   Qui fai sonetz leugiers e plans,
   E sos chantars es de nien,
   E teing sos pels com s'er' aurans;
   Ben a trent' ans que for' albans
   Si non fos pel negr' oignemen.   60

11.   Saill d'Escola es lo dezes
   Que de joglar es faitz borges
   A Bragairac on compr' e ven;
   E quant a vendutz sos arnes,
   El s'en torna en Narbones   65
   Ab uns fals cantars per prezen.

12.   El onzes Giraudos lo Ros
   Que sol viure d'autriu chansos,
   Qu'es enoios a tota gen;
   Mas car cuidava esser pros,   70
   El se parti del fill N'Anfos
   Que l'avia fait de nien.

13.   E lo dotzes si es Folquetz
   De Marceill' us mercadairetz,
   Que a fait un fol sagramen   75
   Quan juret que canso no fetz,
   Qu'ieu aug dire que fo pro vetz
   Ques perjuret son escien.

10. *Str. ist in D, L, Rayn. die 9.*   56. leuez *D L.* sos sos le-
vetz *Rayn.*   58. En ten son cap *D L.* con fai autras *D,* com
aorans *L.* peiuh *Rayn.*   59. XXX. *A D.* foral taus *D.* alraus
L.   60. lo negrezimen *Rayn.*   61. de Scola *Rayn.*   62. ses
D L. Rayn.   63. *fehlt L.* Brairaiac *D.*   64. vendut son *Rayn.*
corues *D L.*   65. seu uai puois *D L. Rayn.* arbones *D,* nerbo-
nes *A,* a brazares *L. Nach 65 noch in L:* E conpra cuen en
narbones.   66. un *D L. Rayn.* chantar *D.*   67. lonçeus es
girauz *D L.* L'onzes es Guiraudetz *Rayn.*   68. vieure *Rayn.*
69. ez *L.*   71. Si *D L. Rayn.* fi *L.* dels filhs *Rayn.*   72. aviau
Rayn.   73. dozens *D L.* sera *D L, P M.* es En *Rayn.*   74. mer-
cadarez *D L.*   75. Et *L. Rayn.*   76. neret *D.* non fes canzo
A L. (wo aber non fehlt).   77. Perjur nos au say dig *Rayn.*
Et ainz *D. P M.* diz on *D,* disen *P M.* fo peruez *D,* per uer

14. E lo trezes es mos vezis
     En Guillems Moyses mos cozis,   80
     Per qu'ieu no'n aus dir mon talen;
     Mas ab sos chantaretz frairis
     S'es totz pejuratz lo mesquis,
     Donzels vieills barbutz ab lonc gren.

15. Peire Vidals es dels derriers   85
     Que non a sos membres entiers;
     Et agrail ops lenga d'argen
     Al vilan qu'era pelliciers;
     Que anc, puois si fetz cavaliers,
     Non ac puois membransa ni sen.   90

16. [Guillems de Ribas lo quinzes
     Qu'es de totz fatz menutz apres,
     E canta voluntiers non gen,
     E percassas fort, sil valgues,
     Car nuill tems nol vim bel arnes,   95
     Anc vieu ses grat e paubramen.]

17. Ab lo setzesm' i agra pro:
     Lo fals monge de Montaudo
     Qu'ab totz tensona e conten;
     Et a laissat dieu per baco,   100
     E quar anc fetz vers ni canso,
     Degral om tost levar al ven.

---

fo *A*. E dis hom qe per auer fo *L*.   79. trezens *D L*. molt *D*.
80. En *fehlt A*. *Rayn*. moc ses *A*, lo marques *Rayn*.   81. E non uoill
dire *D L*. *Rayn*.   82. chantars es *L*. Car ab los seus chantars *Rayn*.
83. perjuratz *A D L*.   84. Con d. *D L*. ab *fehlt D*. barba ab l.
L. Et es viells ab barba et ab gren *Rayn*.   85. *Matfre Er-*
mengau citirt diese Str. im Brev. d'Am. (Chrest. 317, 1—6 u.
M G. I, S. 185.).   88. ab lui lanquera *D*. qu'er uns p. *Rayn*.
91. *Die 16. Str. lautet in A D und L*: G. de R. es lo quinz (quin-
zens *D*, quinzins *L*). Que es maluatz de fors e dinz. E chanta
(chantau *L*.) sos uers raucamen. Et es ben freuols sos retinz.
Catrestan en faria us pinz. Siei huoill semblon (sembla *L*.) de
uout dargen (esser dargen *D L*.).   97. n'i aura *Rayn*. n'i a *P M*.
98. morgues de Montaldon *D*.   102. tosc *A*.   103. *Das Geleite*
hat nur Rayn.

18. Lo vers fel monges e dis lo
  A Caussada primeiramen
  E trames lo part Lobeo;   105
  A 'N Bernat son cors per prezen.

  — — — —

XI.

1. Gases pees laitz mendies e fers,
  Dictatz e faitz a revers,
  A totz mals liges e sers,
  Qu'us non cre quet en sofraigna,
  E de totz bos aips esters,   5
  Sil ver dire en sofers,
  Fellon sirventes quem quers
  Ajas tal com a te taigna.

2. Tan pauc vals en tos afars
  Que not valria lauzars   10
  Mas laidirs e folleiars.
  Qu'ad autrui notz, te guazaigna;
  Que d'al re non iest joglars,
  Vieills sees plus fels qu'us avars,
  Comols de totz mals estars   15
  E ses tota bona maigna.

3. Dreitz not daria ni plaitz
  Qu'aver deguesses benfaitz,
  Qu'a tota gens iest enpaitz
  Cui enueja ta compaigna,   20
  Qu'enfrus e glotz iest e laitz;
  Mas quar iest vieills e defraitz
  E frevols com us contraitz,
  Vol merces qu'om s'i afraigna.

_____

XI. In ADJK: Gausbert de Poicibot. CR: Mönch von
Montaudo. Gedruckt MG. 406 C, 407 J. Hier noch benutzt A.
1. Gase AJC. pee J. latz J. joglars CJ.   2. Endechatz C. de-
chaz J.   3. litges C. fers A.   4. qe ren J.   6. Si tu uer
dir en (direm C.) s. CJ.   7. quenquers J.   8. tu AJ.
9. toz J.   11. lagz dirs C.   12. Qui autruy C, cauz autrui J.
13. res-es A, ren-en J.   17. Die 3. Str. fehlt in A. nem platz J.

4. Gascs malastrucs ab seu pec,   25
    Pois grans paubreitatz tc sec,
    Ja lo sieu not tenra nec,
    Sitot d'autres s'en estraigna,
    Lo reys, qu'om noi aconsec,
    Si trop non a forbit bec.   30
    Mas a te dara ses pcc,
    Quar iest de pauca bargaigua.

5. E si eu ballan t'en vas,
    Joglars caitius dolens las;
    Mil vetz per portas iras   35
    Batutz e tiratz per faigna.
    De lui mi tenc per certas
    Que non al cor flac ni bas,
    Qu'un dou de ton pretz n'auras
    Ses tenson e ses mesclaigna.   40

6. E si nuills d'els ti mou laigna,
    En l'ostal ton seignor as
    Tos ops so pauc que viuras,
    Qu'en aost t'aten lo vas
    E non er quit plor nit plaigna.   45

7. Dels majestres te compaigna,
    Gascs, que d'els te jauziras,
    E sil sirventes retras
    A lor nebotz, ben sabras
    Que non er' obra d'araigna.   50

---

18. deguessaz bens fatz *J*.   21. Que frus-ellatz *J*.   26. Pus
tan gr. paubreirat s. *CJ*.   27. Ja no lot tenra a nec *A*.
28. dautre *A*.   29. acossec *C*, aussec *J*.   31. tu *A*.   32. es
A. yest *C*.   33. Si anbelian *C*, san balian *AJ*, si en ballan]
Vermuthung von Mahn.   34. joglar caitiu dolen *C*.   35. nilas *C*.
36. et iratz *A*.   39. Cum *J*.   43. sai que pauc *A*.   44. Qua-
quest an *A*.   46. Sels *J*. ta *ACJ*.   49. Allor neboz *J*.
50. deraigna *AJ*.

Tenzonen.

XII.

1. L'autrier fui en paradis
Per qu'ieu sui gais e jojos,
Car me fo tant amoros
Deus a cui totz obezis,
Terra mars vals e montaigna,   5
Em dis „morgues, car venguis
Ni com estai Montaldos
Lai on as major compaigna?“

2. „Seigner, estat ai aclis
En claustra un an o dos,   10
Per qu'ai perdut los baros;
Sol car vos am eus servis
Me fan lor amor estraigna;
En Randos cui es Paris
Non fo anc fals ni gignos,   15
El e mos cors crei quem plaigna.“

3. „Morgues, ges eu non grazis
Si 'stas en claustra rescos
Ni vols guerras ni tensos
Ni pelej' ab tos vezis,   20
Per que bailliat remaigna;
Ans am eu lo chant el ris,
El segles en es plus pros
E Montaldos i gazaigna.“

XII. Gedruckt R. 4, 40, PO. 294, MW. 2, 64, Chrest.
127 CEJ. (in den Varianten wird auch R angeführt). Hier
noch benutzt Dᵃ. Uebersetzt bei Diez, L. u. W. S. 340. Kannegiesser, l. c. 237 — 1. Lautrer D, L'autr'ier Rayn. 3. fez D J.
tan mi fon C E. Rayn. 4. tot Bartsch, Rayn. 5. Ter D.
6. quan C E R. Rayn. P O. monge immer Bartsch und sonst Rayn.
9. estat fehlt D. 12. Quar sol E R. e E. 13. fehlt C E R.
Hinter 14 hat C noch: Vas euy nulhs bes non sofranha. 16. que
E. E erey que mos cors elh pl. C. Rayn. P O. 17. not R.
Rayn. 18. S'estas Rayn. CEJ. 19. tengos D. 20. pelega
D. sos C. 21. quel CEJ. Rayn. 22. be ieu R. 23. segle
D. quen es C, en es E. Rayn. 24. montaldon D. 26. Si C.

4. „Seigner, eu tem que faillis   25
   S'eu fas coblas e chansos,
   Qu'om pert vostr' amor e vos
   Qui son escien mentis;
   Per quem part de la bargaigna;
   Pel segle que nom n'aïs,   30
   Me tornei a las leizos
   E'n laissei l'anar d'Espaigna."

5. „Morgues, ben mal o fezis
   Que tost non anes coichos
   Al rei cui es Olairos,   35
   Qui tant era tos amis:
   Per que lau que t'o afraigna.
   Ha, quantz bos marcs d'esterlis
   Aura perdutz els teus dos,
   Qu'el te levet de la faigna."   40

6. „Seigner, ieu l'agra ben vis
   Si per mal de vos no fos
   Car anc sofris sas preisos.
   Mas la naus dels Sarrazis
   Nous membra ges cossis baigna;   45
   Car se dinz Acres coillis,
   Proi agr' enquer Turcs felos.
   Fols es quius sec en mesclaigna."

XIII.

1. Autra vetz fui a parlamen
   En cel per bon' aventura;
   E feiront li vout rancura
   De las dompnas queis van peignen;

Rayn. ni *CE. Rayn.*   27—28. uostre *bis* son *fehlt D.*   30. Per
DJ.   31. Men *R.*   34. Quar *C.* aniest *CEJ. Rayn.*   35. solairos *D.* Salaros *Rayn.* Salairos *Bartsch.*   42. noi *D.*   43. las
R.   45. barganha *R.*   46. Acres *fehlt,* quillis *D.* anc res *C.*
acras quils *J.*   47. Pro agron que t. *CER.*
  XIII. *Nach A. Gedruckt bei R. 4, 42. MW. 2, 62. Inhaltsangabe Diez, L. u. W. S. 340.* — 2. El *Rayn.*   3. E'l vout

Qu'ieu los en vi a dieu clamar 5
D'ellas qu'ant fait lo teing carzir,
Ab queis font la cara luzir
Del teing, com lo degran laissar.

2. Perom dis dieus mout franchamen:
„Monges, ben aug qu'a tortura 10
Perdon li vout lor dreitura,
E vai lai per m'amor corren,
E fai m'en las dompnas laissar,
Que ieu non vuoill ges clam auzir,
E si non s'en volon giquir, 25
Eu las m'anarei esfassar.“

3. „Fins dieus seigner, bon chausimen
Devetz aver e mesura
De las dompnas, cui natura
Es que lor caras teingant gen; 20
Et a vos non deu enojar,
Nil vout nous o degran ja dir
Car jamais nols volrant soffrir
Las dompnas denan lor, som par.“

4. „Monges, dis dieus, gran faillimen 25
Razonatz e gran falsura
Que ja mia creatura
Se gensa ses mon mandamen.
Doncs serion cellas mieu par,
Qu'ieu las fatz totz jorns enveillir, 30
Si per peigner ni per forbir
Podion plus jovens tornar.“

5. „Seigner trop parlatz ricamen,
Car vos sentetz en l'autura;
Ni ja per so la peingtura 35

fazion *Rayn.* 5. los n'auzi *Rayn.* 9. ditz *Rayn.* 14. *fehlt*
A. 16. m' *fehlt Rayn.* 17. Senher dieus, li m'ieu, ch. *Rayn.*
18. deutz *A.* 19. que *Rayn.* 20. cara tenguon *Rayn.*
21. Ni 'ls *Rayn.* 29. E d.-ab mi par *Rayn.* 30. fas *Rayn.*

2*

Non remanra ses un coven,
Que fassatz lor beutatz durar
A las dompnas trosc' al morir,
O que fassatz lo teing perir,
Qu'om no'n puosc' el mon ges trobar."   40

6.   „Monges, ges non es covinen
Que dompnais gens' ab penchura, ·
E tu fas gran desmezura,
Car lor fas tal razonamen;
Si tu o volguesses lauzar,   45
Ellas non o degran sofrir,
Aital beutat qu'el cuer lor tir,
Que perdon per un sol pissar."

7.   „Seigner dieus, qui ben peing ben ven,
Per qu'ellas se donon cura,   50
E fant l'obr' espess' e dura,.
Que per pissar nois mou leumen.
Pois vos no las voletz gensar,
S'ellas gensois, ja non vos tir,
Abanz lor o devetz grazir,   55
Sis podon ses vos bellas far."

8.   „Monges, peingers ab afaitar
Lor fai maintz colps d'aval sofrir,
E nous pessetz ges que lur tir
Quant om las fai corbas estar."   60

9.   „Seigner, fuocs las puosca cremar,
Qu'ieu non lor puosc lor traucs omplir,
Ans, quan cug a riba venir,
Adoncs me cove a nadar."

10.   „Monges, tot las n'er a laissar,   65
Pois pissars pot lo teing delir;

---

34. sin letz *A.* l' *fehlt Rayn.*   35. sola *Rayn.*   37. las b.
Rayn.   38. En-tro *Rayn.*   40. non *Rayn.*   45. denhesses
Rayn.   47. Aitals beutatz *A.*   54. se genson, uo *Rayn.*
57. *Dieser Vers und alle folgenden fehlen in A.* —

Qu'ieu lor farai tal mal venir
Qu'una non fara mais pissar."

11. „Seigner, cui que fassatz pissar,
A Na Elys devetz grazir   70
De Montfort, qu'anc nos vole forbir,
Ni n'ac clam de vout ni d'autar."

XIV.

1. L'autre jorn m'en pogei el cel,
Qu'anci parlar a Saint Michel
    Don fui mandatz;
Et auzi un clam quem fo bel:
    Era l'aujatz.   5

2. Saintz Julianz venc denant deu
E dis „deus, a vos me clam eu
    Com hom forsatz
Dezeretatz de tot son feu
    E malmenatz.   10

3. Car qui ben voli' albergar,
De matim solia pregar
    Queil fos privatz;
Era noil puose conseill donar
    Ab los malvatz.   15

4. Qu'aissim an tolt tot mon poder
Qu'om nom prega matin ni ser;
    Neis lor colgatz
Laissan matin dejus mover;
    Ben sui antatz.   20

XIV. *Gedruckt Muss. 436 Dᵃ. Der erste Theil R. 4, 277;
M W. 2. 65; P O. 296. nach C E J R. Der zweite Theil M G.
393 J. Uebersetzt der erste Theil Diez L. u. W. 342, Kannegiesser
l. c. S. 237. der zweite im Auszuge nach Millot mitgetheilt Diez,
L. u. W. 339.* — 1. al *Rayn. P O.*   6. Sanh Jolias *Rayn. P O.*
9. Desitaz de son *D.*   13. Qu'ieu 'l *Rayn.*   14. noi *Rayn P O.*

5. De Tolsan ni de Carcasses
    Nom plaing tant fort ni d'Albiges,
    Com d'altres fatz;
    En Cataloign' ai totz mos ces
    Ei sui amatz.   25

6. En Peiragorc e'n Limozi,
    Mas lo coms el reis los auzi,
    Sui ben amatz.
    Et a'n de tals en Caerci
    Don sui pagatz.   30

7. De lai Roergu' e Guavalda
    Nom clam nim lau qu'aissis esta;
    Pero assatz
    J a d'aquels qu'unsquecs mi fa
    Mas voluntatz.   35

8. En Alvergne senz acoillir
    Podetz albergar e venir
    Desconvidatz;
    Qu'ill non o sabon fort gen dir,
    Mas bon lor platz.   40

9. En Proensa els sos baros
    Ai ben encara mas razos.
    Nom sui clamatz
    De Provenzals ni de Guascos
    Ni trop lausatz.   45

10. Anc de Vivares non ac clam
    Qu'oms estrainz agues set ni fam
    N'i fos cochatz."

———

puois D.   21. Tolza *Rayn. PO.*   23. d'altras *D.*   26. pei-
ragou-limoz *D.*   31. Rosergn' *PO.* en Gav. *PO. Rayn.*   35. Ma
D.   37. Poder *D*, Podes *PO.*   40. ben *Rayn. PO.*   41. El
D. et els baros *Rayn. PO.*   42. mais r. *D.*   44. Dels-dels.
Rayn. PO.   46. *Str. 10 fehlt Rayn. PO.*   48. Ni i *D.* —

1. Quant tuit aquist clam foron fat,
   Lor son comensat autre plat
      On n'ac d'iratz;
   Las domnas cill vout son mesclat
   El plaitz rengatz.   5

2. Dizoill vout „domnas, tuit em mort,
   Car nos tolletz lo peing a tort,
      Et es pecchatz,
   Car vos en peignetz aitant fort
   Nius bernicatz.   10

3. Qu'anc trobatz no fo mas per nos
   Qu'om nos en peinsses bels e bos,
      E nos emblatz
   Magestat de port de faissos,
   Cant robegatz.“   15

4. Dizon las domnas, que cent anz
   Lor fo donatz lo peingz enanz,
      Que fos trobatz
   Voutz degus el mon paucs ni grans,
   Et es vertatz.   20

4. Ditz autra domna „ren nous toill
   Si ieu peing lo ron desotz l'oill
      Qu'es esfachatz;
   De qu'ieu fatz pois a maintz orgoill
   Qu'ieu trobi fatz.“   25

6. Ditz dieus als voutz „si vos sap bon,
   Sobre vint e cinc anz lor don,
      So otrejatz,
   Que n'ajan vint de peigneson,
   Sius n'acordatz.“   30

---

1. faitz *J*.   2. plaitz *J*.   5. plaz *J*.   6. em ort *J*.
9. nos *oder* uos? en peinez *D*. enpeinetz *J*.   10. Ni os *J*.
11. uos *DJ*.   12. uos *DJ*. empeinsses *DJ*.   13. uos sem-
blatz *DJ*.   14. pont D. faichos *DJ*.   15. robe gaz *D·*
20. la rua D*J*.   25. Qen D.   26. Dis *DJ*. al *J*.   27. XXV.

7. Dizoill vout „ja ren non farem,
   Que mais detz no lor en darem,
     Pos a vos platz.
   E sapchatz que segur serem
   Qu'ajam pois patz."   35

8. Dunc venc saintz Peir' e saintz Laurentz
   Et an faitz bos acordamentz
     Et afiatz
   E d'ambas partz per sacramentz
   An los juratz.   40

9. Et an dels vint ans cinc mogutz
   Et an los ab los detz cregutz
     Et ajostatz.
   Aissi es lor plaitz remasutz
   Et afinatz.   45

10. Sobre sacramen vei obrar
   De tals que s'en degran laissar,
     E non es gen
   Qu'a la chascuna vei falsar
   Lo covenen.   50

11. Per so son li vout irascut
   Car hom lor a lor plait romput,
     E non an grat   .
   Queill quecha fai pisar son glut
   Am l'ueu pastat.   55

12. De blanquet e de vermeillon
   Se meton tant sobrel menton
     Et en la fatz,
   Qu'anc no vist tirautiarton
   Deves totz latz.   60

D J.   30. XX. *D J.*   32. X. *D J.*   34. Sapcaç *D.*   41. XX.
V. *D J.*   42. an *fehlt D.*   43. aiostat *J.*   47. son *J.* so *D.*
49. Chala *J*, Ca la *D.* falar *J*, fallar *D*, falsar] *Vermuthung von*
Mahn.   50. couen *D.*   52. roput *D.*   54. que cha *D J.*
55. Am uelf *J.*   56. planguet *D*,   planquet *J.*   59. tirant

13.   De safran e de tifcigno,
D'angelot, de borrais an pro
   E d'argentat,
De que se peignon a bando
Quan l'an mesclat.   65

14.   En lait de sauma an temprat
Favas ab que s'an adobat
   Lo vieill convers,
Eill quecha jura charitat
Que res non es.   70

15.   Quant ellas an lor oignimentz
Totz ajostatz per sagramentz,
   Vos veiriatz
De boissas e de sacs trecentz
Ensems liatz.   75

16.   Anc saintz Peire ni saintz Laurentz
No son creutz dels covinentz,
   Que feiron far
A veillas qu'an plus longas dentz
D'un porc senglar.   80

17.   Peitz an faitz, non avetz auzi:
Tant nos an lo safran charzi,
   Que oltra mar
O conteron li pelegri:
Be'n dei clam far.   85

18.   Que meillz vengra qu'om lo manges
En sabriers, qu'en aissil perdes,
   E compressan
Cendals don quecha se bendes,
Pos talen n'an.   90

---

arton *D*.   61. De cafera *DJ*.   62. horrais *D*.   65. la *J*.
67. abs que-adoblat *D*.   68. niel *J*.   69. que na *D*. queita
J. e charitat *J*. 76. Unca *J*.   84. n. *J*.   86. magres *D*.
87. qenaissil *D*.   88. com pres an *D*, dom pres an *J*.

XV.

1.   Manens e frairis   foron compaigno,
Anavo per via   cum autre baro;
E quant ill anavon,   mescleron tenzo.
    Pauc tenc lur paria,
Quant l'uns [dels] dis oc   e l'autre dis no;   5
Quasquus tenc en pes   la sua razo.
Ia de gran amor   non agron sazo
    A lur compaignia..

2.   Manens escomes   lo fraïri primiers,
Per ergoill d'aver   quar si sent sobriers.   10
„Frairis, dis manens,   trop vos faitz parliers
    De gran galaubia.“
So dis lo frairis   „si avetz deniers
Et avetz de blat   vostres ples graniers,
Ia no viuretz mais,   sius etz renoviers,   15
    La meitat d'un dia.“

3.   So dis lo manens   „frairis, dechazey,
Tant avetz joguat,   nous laissatz espley;
Mas gaps avetz be   ad egual d'un rey,
    Ja us vers non sia.“   20
So dis lo frairis   „tot vos o autrey;
Greu veiretz pro home   qu'a temps no foley,
Mas vos guazaignatz   a tort e ses drey
    Vostra gran follia.“

4.   So dis lo manens   „et ieu ai poder   25
Que puesc mon amic   prestar e valer,
Mas de vos no cuit   que nuls bes n'esper,
    Que ja mieills li'n sia.“
So dis lo frairis   „et ieu ai lezer
De tot mon amic   segre e valer,   30

XV. Gedruckt MG. 408 C. (in welcher Hs. es sich einzig findet). — 3. mesclos de.   5. dels fehlt. ditz.   6. te.   7. aura 8. A fehlt.   11. Frairi   13. ditz-frairi   17. ditz-frairi 19. auriatz.   29. Quela.   31. et el.   45. Die Abschnitte 45—48 und 53—56 stehen in der Hs. in umgekehrter Folge.

Atretan com vos   et lo vostr' aver,
    Estiers la bailia."

5. So dis lo manens   „eram di, frairis,
    Qual ama mais dieus?   aquel qu'es formis,
    O dels raubadors   que raubols camis   35
        Per lur leconia?"
    So dis lo frairis   „aisso vos plevis,
    Qu'avers ajostar   non es paradis;
    Ans comandet dieus   qu'om lo departis
        Tot per cofrairia."   40

6. So dis lo manens   „vostre fols talans
    E taulas e datz   e domnas prezans
    —   —   —   vos fan far enguans
        E pensar bauzia."
    So dis lo frairis   „vos etz lo graissans   45
    Que cuidatz queus failla   la terra qu'es grans.
    Guazaignatz enfern   ab autrui afans,
        E faitz i bauzia."

7. —   —   —   —   —   —
    —   —   —   —   —   —   50
    —   —   —   —   —   —

        —   —   —
    So dis lo frairis   „de trop es pensatz
    Quan los mortz els vius   capdelar cuidatz.
    Pensarias hom   que sen [non] ajatz,   55
        Qui nous conoissia.

8. So dis lo manens   „ieu quier jutjador,
    Frairis, que nos parta   d'aquesta clamor.
    —   —   —   —   —   —

        El coms d'Urgel sia.   60
    So dis lo frairi   „ben es fazedor.
    Quez el o define   (tot) en dreit et amor
    —   —   —   —   —   —

        Quar totz temps tenria.

Enueg.

XVI.

1. Amics Robertz, fe que dei vos,｜
    Enuejam d'avols compaignos,
    Et enuejam la mars el vens
    Que nom sembla ni bels ni gens;
    E d'ome ques fai desdegnos   5
    Lai on non es luecs ni sazos,
    M'enuej' e de paupres prezens.

2. Cavaliers paupres orguillos,
    Qui non pot far conduitz ni dos,
    M'enuej' e rics desconoissens,   10
    Qui cuja esser entendens
    E no sap que vai sus ni jos;
    Et enuejam cel quis ten bos,
    Que pauc ben ditz e fai en mens.

3. Li lauzengier e l'enojos   15
    M'enuejan molt e li janglos;
    Et enuejam loncs parlamens
    Et estar entre croyas gens;
    Et hom m'enueja trop iros
    E compaignia de garsos   20
    E cavaliers mal acuillens.

4, Hom mensongiers mals e gignos
    M'enuej' et hom trop cobeitos;
    Et enuejam comensamens
    Malvatz e crois definimens;   25
    Et hom m'enueja trop gelos,
    E cel qui es trop enuejos
    M'enuej' et hom trop retenens.

XVI. *Steht in CE, danach gedruckt MG. 349, 411.* —
1. quieu *E*.   2. Ben menueia *E*.   4. ni bos *E*.   7. Menueia
e p. *C*.   9. doz *C*.   15. li enoios *C*. linuios *E*.   23. Menoia
e trop *C*.   28. Menueia hom *C*.

5. Ries hom alegres e jojos
    Lares e francs e de bel respos   30
    Me platz e bels captenemens
    E cortz on vey homes valens,
    E platz mi bella messios,
    Et hom de peccat vergognos
    Me platz e bos repentimens.   35

XVII.

1. Bem enuejan per saint Marsal
    . Aquist baro descominal
    Que non degnon vendre caval,
    Empegnon lo aitan quan val,
    E que mata en son ostal   5
    Cel qu'a azirat per gran mal.

2. Bem enueja de cavallier
    Que quer tres vetz cauls e sabrier,
    E de dompnejador petier
    E de vieill hom' avol arquier;   10

    Et hom' estar sobre taulier.

3. Enuejam pels saintz de Cologna
    Amics quem faill a gran bezogna,
    E traire que non a vergogna,   15
    E quis colgu' ab mi ab gran rogna.

4. Messatgier, vai t'en [en] ta via
    Al comte, cui dieus benezia,   20
    Que te Toloza en bailia;
    S'i a ren qu'a lui desplairia
    Jeu sui cel quel ne ostaria.

XVII. *steht in C. gedr. MG. 392.* — 1. enueia.   5. meta.
6. So.   9. dompney ador.   10. home aul.   12. pel.
15. tracher.

XVIII.

1.   Bem enueja per Saint Salvaire
D'ome rauc ques fassa chantaire
E d'avol clergue predicaire;
Paupre renovier non pretz gaire;
Et enuejam rossistrotaire   5
E rics om que massa vol traire.

2. Et enuejam de tot mon sen
D'ome quan sa putana pren,
E dompna que ama sirven,
Et escudier qu'ab seignor conten;   10
M'enueian raubador manen
E donzelo barbat ab gren.

3.   Molt m'enueja, si dieus mi vailla,
Quan mi faill pas sobre toailla,
E qui cada petit lom tailla,   15
Qu'ades m'es vejaires quem failla,
E joves hom ples de nuailla
E dos de put' e la guazailla.

4.   Bem enueja capa folrada,
Quan la peills es vieill' e uzada,   20
E capairo de nou orlada
E puta vieilla safranada;
Et enuejam rauba pelada,
Pois la Saint Miquels es passada.

5.   Et enuejam tot eissamen   25
Maizo d'ome trop famolen,
E mel ses erbas e pimen
E quim promet e nom o ten;
E d'avol home eissamen
M'enueja, quar el non apren.   30

XVIII. *steht in CE, gedruckt MW. 2, 67. C. MG. 391. C. (R. 5, 266: 15 Verse; danach Inhaltsangabe bei Diez, L. u. W. 338)*. 11. Enueiam raubaire *C, Rayn.* 12. donzelos barbatz *Rayn. MW.* 15. que.

6. Et enuejam com de la mort
    Qui d'avoleza fai conort;
    Et enuejam d'ardaillon tort;
    Et enuejam estar a port,
    Quan no puose passar e plou fort.   35

Anmerkungen.

X.

Der Dichter selbst giebt in der Einleitung dieses
berühmten S c h m ä h g e d i c h t e s (Str. I) den P e i r e
d'A u v e r g n e als seinen Vorgänger an, dessen Liste
er aus den Reihen der zeitgenössigen Troubadours
vervollständigen will. Daher sind beider Gedichte in
gleicher Weise zu beurtheilen. Mit Unrecht hat man
sie bisher allgemein als für ernst gemeint genommen
und selbst Diez (L. u. W. 75) legt ihnen die Absicht
unter, an den damaligen Kunstgenossen „Kritik üben“
zu wollen. Doch beziehen sich die Schmähungen und
Vorwürfe viel weniger auf die poetischen Leistungen
der Betreffenden, als auf ihr Privatleben und ihre persönlichen Gebrechen; selbst da, wo sie die Dichter als
solche anzugreifen scheinen, sprechen sie nur ganz im
Allgemeinen den Tadel aus, ohne ihn weiter zu be-
gründen. Dazu kommt, dass Peire d'Alv. in dem seinem Gedichte angehängten Geleite (B. Chr. 78, 15—16)
selber sagt:

> *Lo vers fo faitz als enflabotz*
> *A Poivert tot jogan riden.*

„Das Gedicht wurde für die Weinschwelge [5] in Poi-
vert unter lauter Scherzen und Lachen gemacht“. Es

---

[5] So nämlich übersetze ich, einer Angabe von Tobler
folgend, e n f l a b o t z, es als ein Compositum von *enflar* („auf-
schwellen“) und *bot* „Schlauch“ ansehend, also wörtlich
„Schlauchfüller“, eine scherzhafte Bezeichnung für eine muntere
Gesellschaft.

war also ein lustiger Einfall, den unser zu Scherz
und Spott aufgelegter Mönch von Montaudon nachzu-
ahmen sich vornahm. Sehr gut mit dieser Auffassung
stimmt auch, dass in den letzten Strophen beide Dichter ihre Schmähungen gegen sich selbst kehren und
dabei ein nicht minder strenges Gericht ausüben, als
im Vorhergehenden, wo sie ihre Kunstgenossen durch-
hecheln [6]).

Die Entstehungszeit des Gedichtes lässt sich ziemlich genau bestimmen. Strophe 9 wird nämlich die
unglückliche Liebe Arnaut's von Mervoill erwähnt. Nach Diez L. u. W. 126 wurde dieser aber
a. 1194 von seiner Dame, der Gräfin Adalasia von
Burlatz (Tochter Raimund's V v. Toulouse und seit
1171 Gattin Roger's II. Taillefer, Vizgrafen v. Beziers,
s. Biogr. XI bei Mahn und Diez a. a. O. 120), sowie
von Alfons II. v. Aragon, seinem früheren Gönner
und ihrem neuen, glücklicheren Verehrer, verabschiedet.
Nach Diez (a. a. O.) starb aber die hier noch als lebend gedachte Adalasia 1199 oder 1200, — folglich
muss das Gedicht zw. 1194 und spätestens 1200
entstanden sein. Ist ferner die zu Str. 13 (siehe unten)
ausgesprochene Vermuthung richtig, und enthält sie
wirklich eine Anspielung auf Folquets v. Marseille
Übertritt in's Kloster, so kann es nicht vor 1199 gedichtet sein. Denn nach Biogr. VI bei Mahn erfolgte
Folquet's Uebertritt erst nach dem Tode Richard's
Löwenherz, also nach dem April des Jahres 1199.
Demnach setzen wir die Entstehung des Ge-

---

[6]) Diez (L. u. W. 76) hält zwar die von der Lebensnachricht des Peire d'Alv. allein überlieferte Schlusstrophe seines
Schmähgedichtes für die ursprüngliche, dem Dichter sehr güns-
tig lautende Fassung, und meint dass die in den Texten gegebene eine von fremder Hand herrührende Parodie derselben sei,
ebenso wie bei dem Mönch von Mönch v. M. „eine vergeltende
Hand" später die letzte Strophe zugesetzt habe. Doch ist das
Verhältniss wohl umzukehren und anzunehmen, dass ein spä-
terer Verehrer des „primier bon trobador el mon" Anstoss an
der Schmähung desselben nahm und sein Lob an ihre Stelle
setzen zu müssen glaubte.

dichtes wohl am wahrscheinlichsten in das
Jahr 1199.

Schon P. Meyer hatte[7]) (Les derniers troubadours, Paris 1871) mehrfach darauf hingewiesen, dass
dies Gedicht des Mönches von Montaudon für Nostra-
damus die Veranlassung zur Erdichtung seines *monge
de Montmajour, lou flayel dels Troubadours*, war, und
seine Letzterem zugeschriebenen Aussprüche den betreffenden Stellen unsrer Satire (l. c. 136) gegenüber-
gestellt. Ein Aufsatz von Bartsch im Jahrb. (Neue
Folge I S. 1 ff.: Über die Quellen von Jehan de Nos-
tradamus) weist noch des Genaueren nach, dass „sein
Mönch von Montmajour identisch mit dem Mönch von
Montaudon ist, dass Nostrad. den Text dieser Satire
vor sich hatte, aber eine Menge anderer Dicta desselben dazu erfand"[8]).

---

[7]) Zuerst hat eigentlich Crescimbeni, Istoria della vol-
gar poesia 2,200 die Uebereinstimmung zwischen beiden Mön-
chen bemerkt, da er meint, dass der Mönch von Montmajour
nach dem Vorbilde des von Montaudon gedichtet habe. Ähnlich dann Millot, Hist. litt. des troub. 3,175. Endlich sagt
auch Diez schon L. u. W. 607: „Der Mönch von Montmajour
ist allen Umständen nach der von Montaudon, dessen Satire
man später erweitert zu haben scheint."

[8]) Es seien mir hier einige Bemerkungen zu dieser Arbeit, die einer von mir beabsichtigten Untersuchung über das
Verhältniss der beiden Mönche zu einander zuvorgekommen ist,
gestattet. — Bartsch, mit dessen Resultaten ich übrigens sonst
vollkommen übereinstimme, behauptet wiederholt (a. a. O. S. 11
und 55), dass Nostr. die Satire des Peire d'Alvergne nicht vor
sich gehabt oder doch übersehen habe. Dies scheint mir aber
nicht glaublich zu sein. Denn nicht nur steht sie in *a*, dessen
Vorlage Nostr. bekanntlich kannte und benutzte, sondern auch
sonst enthalten fast alle Hss., wenn das eine, auch das andere
Spottgedicht. Aus der Biographie Peire's d'Alv. allein konnte
ferner N. nicht wissen, dass die von ihm (p. 163) angegebene
Strophe aus P. d'Alv.'s Gedicht, wie er ausdrücklich bemerkt,
die Schlussstrophe desselben war „*en la coupple finale
d'icelle il ne s'oblie pas disant que sa voix surpassait toutes
celles de son temps etc.*") Die Biographie (bei Mahn Nr. IV.)
führt sie nur mit den Worten ein: *Mout se lauzava en sos
chantars — si quel dic de si etc.* — Der Grund, weshalb N. den

Der Form nach sind die beiden Satiren des P.
d'Alv. und des M. von M. durchaus identisch und als
vers anzusehen (was auch mit dem angeführten Geleite und der Angabe der Biogr. von Peire d'Alv.
stimmt). Die Strophe besteht aus 6 achtsilbigen
Zeilen mit den Reimen aabaab, von denen b durch
das ganze Gedicht hindurchgeht und bei beiden Dichtern derselbe (auf — en) ist.

10—11. „Aber was das anbetrifft, dass ich nicht
nach dem Gegenstande seiner Sehnsucht verlange, so
will ich nicht sein Schicksal theilen, denn bei ihm
(dem Gegenstande seiner Sehnsucht, der Geliebten)
findet man schlechte Aufnahme"; oder „denn er (Guillem) erfährt schlechte Aufn."

16. Hiermit stimmt die Erzählung seiner Biogra-
graphie (Mahn Nr. XVI). — *s'eretgi*, Biogr. *se rendet
en l'orden dels eretges*, d. h., sie wurde eine *haeretica
perfecta.* Nach C. Schmidt, *Hist. et doctrine des Ca-*

---

ihm wohlbekannten P. d'Alv. nicht in gleicher Weise, wie den
M. v. M., benutzte, scheint der, dass sein Spottgedicht, von
den 3 ersten geschmähten Dichtern abgesehen, nur sonst ganz
oder (wie de Brival Lemozis, Peire Bremons) fast unbekannte
Troubadours betrifft, also ohne Einschmuggelung anderer Namen nicht zu verwerthen war. Von dem, was P. d'Alv. über
die 3 zuerst angeführten, auch sonst näher bekannten Dichter
vorbringt, hat N. auch wirklich das über Guiraut de Bor-
neill Gesagte (p. 146) benutzt. — B. irrt sodann, wenn er S.
55 sagt, nach Nostr. habe P. d'Alv. seine Satire erst als Ge-
genstück zu der des M. v. M. |gedichtet. Vielmehr heisst es
bei Nostr. p. 163: *Il a faict une chanson — à l'imitation de
laquelle le Monge de M. a faict la sienne toute au contraire.*
— Ferner hat B. (S. 10) nicht gesehen, dass das, was Nostr.
p. 164 als Aussage des Mönches von M. über Peire d'Alv. anführt,
auf einer Verwechselung beruht, indem es dasselbe ist, was
hier Str. 5 von dem Mönche von Montaudon gegen „*Peirol us
Alvergnat*" vorgebracht wird. (Nostr. sagt nämlich: *Le M. de
M. dict, que depuis qu'il fut amoureux d'une Bagasse de
Provence, il ne chanta jamais rien qui vallust.*) Endlich fehlen
in der sonst vollständigen Liste bei Bartsch von den dem M.
v. Montmajour durch N. zugeschriebenen Zeugnissen über die
Troubadours die Bonifaci de Castellane (p. 138) und Ancelme
de Mostiere (p. 212) betreffenden.

thares ou Albigeois, Paris 1849, t. II. p. 91 ff. (P. Meyer citirt a. a. O. falsch zu dieser Stelle t. I, 35), war ein *haereticus perfectus* ein solcher, der durch Empfang des *Consolamentum*, d. h. durch Auflegung der Hände, in den Besitz des heiligen Geistes gelangt und förmlich in den Schoss der Kirche der Ketzer aufgenommen war. Er führte dann ein entbehrungsvolles ascetisches Leben als wandernder Apostel. Die *perfectae* wohnten entweder allein in Hütten, unter Beobachtung derselben Enthaltsamkeit, oder mehrere zusammen in gemeinsamen Häusern, sich mit Handarbeit, der Erziehung junger Mädchen, der Armen- und Krankenpflege beschäftigend. Beide Geschlechter mussten sich aber bei Empfang des consolamentum feierlich von allen Familienbanden, aller Fleischkost etc. lossagen und Keuschheit geloben.

21. Raimon von Miraval, der „ritterlichste aller Troubadours", besass (nach der Biogr. Nr. IV bei Mahn) nur den 4. Theil der Burg Miraval und liebte es sich in seinen Canzonen als den Vasallen seiner Herrin und sein Schloss als ein von ihr empfangenes Lehen zu bezeichnen. Siehe M. W. 2, 120 Nr. 1; 122 Nr. 3: *Per qu'ieu non pes de ren al,*
> *Mas de servir a plazer*
> *Lieys de cui tenc Miraval;*
124, Nr. 4 (*E d'aquelha Miravalh tenh*); 125, Nr. 5 128, Nr. 7: *Domna, que torn' en blasme sa valor,*
> *No deu aver de Miraval la tor.*
129, Nr. 8; 130, Nr. 9; 132, Nr. 10. Bartsch Chr. 150, 26.

23. Dies geht auf die Dürftigkeit des Ritters, der nicht, wie die anderen Burgherren zu thun pflegten, an den ersten des Monats Feste geben konnte. So sagt Peire Cardenal (B. Chr. 168, 20):
> *Rics hom, quan fai sas calendas*
> *E sas cortz e sas bevendas etc.*

26. Biogr. XIX bei Mahn sagt von Peirol: *esdevenc joglars et anet per cortz e receup dels barons draps e deniers e cavals.*

3*

32. Siehe Biogr. VII bei Mahn, wo die Dirne Guillelma Maria heisst.

36. Uzerche in Limousin war des Dichters Geburtsort.

38. S. Biogr. XII bei Mahn.

40. „Und er bringt an solcher Stelle seine Gesänge an, wo er nicht allein ist, (sondern) mit 30 Genossen“. Es scheint demnach, dass G. Ad. als Mitglied einer grösseren Truppe von Jongleurs im Lande herumzog.

45. Die „dunkle Manier“ des A. D. (Vgl. über sie Bartsch im Jahrb. 1, 195 ff. Diez, Poesie 103; L. u. W. 131 ff., 351) ist zur Genüge bekannt und wird schon von seiner Lebensnachricht (Nr. II bei Mahn) erwähnt.

46—47. Dies bezieht sich auf Stellen in den Gedichten des Arn. D., wie M. W. II, 74:

Eu son Arnautz qu'amas l'aura
E catz la lebr' ab lo bueu,
E nadi contra suberna.

Vrgl. ferner ib. 71, Str. I:

Tan sai quel cors fas restar de suberna,
E mos buous es trop plus cor rens que lebres.

M. G. 426: *acel joi c'avia l'autr'an,Can casava lebres ab lo bou*, und Diez, L. u. W. 348, Anm. wo nachgewiesen wird, dass Petrarca diese Gleichnisse, deren Sinn ist: ich mache das Unmögliche möglich, dem Arn. D. entlehnte. —

Ich bin hier von der Version, die A für die beiden vv. 46—47 giebt, abgewichen, da die von D L und den Pariser Hss. übereinstimmend gebotene auch den Worten des A. D. selbst (M. W. 2, 74) mehr entspricht.

54. „Je besser er singt, (um so eher) fliesst ihm die Zähre (von den Augen) herab“. Der zweite correlative Comparativ ist ausgelassen, aber leicht zu ergänzen.

55. Dieser Dichter ist sonst unbekannt.

67. Vgl. Biogr. XXXIX bei Mahn. Nach Diez (L. u. W. 598) ist der N Anfos, den die Biogr. als Grafen von Toulouse bezeichnet, Alfons Jordan († 1148). Wenn die Lebensnachricht von einer Tochter des Grafen spricht, so ist es wohl ein Missverständniss dieser Stelle.

73. Vgl. Biogr. VI bei Mahn.

75. In den Liedern des Folquet finde ich keinen Anhalt für diesen Vorwurf des Meineides. Wahrscheinlich aber legte er einen ähnlichen Eid ab, als er in das Kloster eintrat, oder es wurde von ihm doch wenigstens in den Troubadourkreisen erzählt, dass er als frommer Mönch nunmehr seine Vergangenheit verleugne.

77. *pro vetz* „oftmals". 76—77 musste wieder von Hs. *A* abgewichen werden, da ihr Text in den Reimen nicht genügte. Vielleicht ist mit *D*, und auch besser zu *A* und *Z* stimmend *per vetz* zu lesen, in der Bedeutung: „durch Gewohnheit, gewohnheitsmässig".

79. Dieser Guillem Moyses ist sonst nicht bekannt. Rayn. hat ihn zu einem Marquis Guillem gemacht, obwohl schon Crescimbeni, Ist. d. volg. Poesia II, 200, wo er die vom M. v. M. verhöhnten Dichter aufzählt, als drittletzten Guglielmo Mose anführt.

85. Vgl. M. Biogr. X und Bartsch, Peire Vidal's Lieder, Berlin 1857, Einl. S. XV.

89. P. Vidal, der gradezu an Grössenwahnsinn litt, legte sich nicht nur selber den Titel *cavalier* bei, sondern hielt sich überhaupt für den vortrefflichsten und tapfersten Ritter, der je existirt habe.

Siehe z. B. P. Vidal Nr. 23, Str. 7 (auch M. G. 90, 7); 27, v. 41—48 (auch M. W. 1, 232); 19, 11—20 (M. W. 1, 239). Man vergleiche hierzu auch das Sirventes, das der ital. Margraf Lanza (P. Vidal Nr. 33) gegen ihn schleuderte, als er zuletzt gar den Praetendenten auf den griech. Thron spielte und sich Kaiser nennen liess, und das, was Matfre Ermengau (Chr. 315, 34—316, 6) von ihm sagt.

91. Diese 16 Str. scheint nicht echt zu sein. Denn
1) hiess es schon in der vorigen Str.: *Peire Vidals*
es dels derriers (bei Matfre Erm. (l. c. 317, 1) gradezu *le derriers*).

2) hat Peire d'Alv. schon in der 6. Str. seines
Gedichtes von diesem sonst unbekannten Guillem de
Ribas gehandelt, und der M. v. M. sagt hier v. 2—4
ausdrücklich, er wolle von den später aufgestandenen,
also jedenfalls doch andren Troubadours singen.

3) haben ADL diese Str. gradezu wörtlich von
P. d'Alv. entlehnt; nur Rayn. hat die auch hier befolgte
abweichende Redaction dafür in einer seiner Par. Hss.
gefunden.

4) hätten wir dann für den Reim *a* hier zum 3. Mal
— es (vgl. Str. 4 und 11), während sonst von keinem
Reime an dieser Stelle in mehreren Str. zugleich Ge-
brauch gemacht wird.

Nach Bartsch Leseb. Anm. zu 77, 23—28 hat eine
einzige (welche?) Hs., die einen Peire Laroque an
dieser Stelle nennt, wahrscheinlich die richtige Über-
lieferung. Wie auch sonst die Hss. mehrfach Strophen aus
beiden Satiren verwechseln, so mochte auch hier zunächst die 6. Str. aus der Peire's d'Alv. — denn ihr
gehört sie ursprünglich an, wie die Zahlbezeichnung
quins beweist, was beim Mönch von M. der 15. heissen
soll — in diese hinübergekommen sein und dann von
einem späteren Sammler, der die Übereinstimmung
zwischen beiden Gedichten bemerkte und entfernen
wollte, die von Rayn. gefundene Fassung erhalten
haben.

97. „Mit dem 16. würde es wohl genug sein, dem
falschen M. v. M. etc." 98 ist Apposition zu *ab lo se-*
zesme. — Zu dieser letzten Str. bemerkt Millot 3, 175,
nachdem er zuvor eine von allen möglichen Fehlern
strotzende Übertragung des Gedichtes gegeben hat:
„*C'est ainsi qu'on joint à la méchanceté les artifices de*
la ruse, aux dépens de son honneur".

104. Es giebt mehrere Flecken mit Namen Caussada, die in Betracht kommen können, nach dem

Diction. univ. de la France, Paris Saugrain 1726, einen
in Querey, Dioc. Montauban; einen in Agenois, Dioc.
Agen; zwei in Armagnac (wovon einer im Bas Armagnac), Dioc. Auch.

105. Ein Lob eo ist nirgends zu entdecken gewesen.

XI.

Da nur *CR* dies gegen einen unbekannten gas-
cognischen Jongleur mit energischen Schmähungen sich
richtende Sirventes dem M. v. M. zuweisen, werden
wir es kaum für ihn in Anspruch nehmen dürfen, obwohl uns sonst nichts von Gausbert de Poicibot
ausser einigen, über die gewöhnlichen Phrasen und
Gedanken der prov. Minnelyrik sich nicht erhebenden
Canzonen überliefert ist.

Die nicht weiter theilbare Strophe setzt sich
aus 8 siebensilbigen Versen zusammen, deren Reim-
folge das Schema: a a a b ⌣ a a a b ⌣ ergiebt; nur der
weibliche Reim (b ⌣) wird von allen Strophen wiederholt.

4. Das *en* geht auf *mals* zurück: „dass es dir da-
ran gebreche".

16. *maigna*, pr. sonst nicht bekannt, ist sp. *maña*,
pg. *manha*, cf. Diez E. W. ² II, 148, der es von lat.
machina, mach'na herleitet. Auch afr. *maine* kommt
gleichbedeutend vor („Fertigkeit, Arglist"), so Bartsch,
Chr. fr. 174, 9: *„tant par esteit de male maine etc."*, wo
das Glossar es ungenau mit *„manière, Benehmen"* wie-
dergiebt.

21. *enfrus* - homo insatiabilis, Don. prov. 59, b.

24. *qu'om s'i afraigna*, siehe zu XII, 37.

27. *Nec* ist nicht, wie Rayn. L. R. 5, 126 annimmt,
mit *nesci, afr. nice* identisch, auch nicht, wie Diez E.
W. ³ will, mit sp. *niego* (für nidego von nidus), da es
prov. stets einsilbig und nie anders als in der Form
nec vorkommt. Don. Prov. 45, b, hat *necs - impeditus
lingua*, und danach übersetzen es auch Rochegude und
Honnorat mit *bègue, bredouilleur;* wahrscheinlich meint

das Glossar aber gradezu „*stumm*“, wenigstens passt diese Bedeutung am besten, wo es vorkommt, so M. G. 1, 1: *Quant l'auseil son de cantar nec*, und wahrscheinlich auch Chr. 132, 29: *non pretz necs mans*, „ich achte nicht stumme oder heimliche Botschaften (anderer Frauen)“. Namentlich häufig ist die hier vorkommende Verbindung *tener nec* - verheimlichen, vorenthalten, so MG. 1, 6: *per son avol faig tener nec;* besonders entscheidend ist Leys d'Am. 2, 256: *E per so se pequec Nath de Mons cant dich „Quar qui o ver te nec lay on direl deura etc.“* [9]).

28—30. „Obgleich er sich anderen darum entfremdet, der König, dem man darin nicht folgt (nämlich im Unterstützen unwürdiger Jongleurs, wie du einer bist), wenn einer (sc. ein Bettler, wie du) nicht sehr glatte (sich einschmeichelnde, heuchlerische) Zunge hat“, *forbit bec* vgl. *lauzengier bec esmohut* XIX, 9.

37. *luy* ist wohl der vorhin (v. 29) erwähnte König.

41. *dels*. Sind damit die Leute des Königs, seines Herren (v. 42) gemeint? Besser wäre *d'als* „im Übrigen“ zu lesen.

46. *te compaigna* „halte Gemeinschaft mit den Meistern“.

50. *obra d'araigna*. Das Werk der Spinne ist ein schon den biblischen Schriften bekanntes Symbol jeder nichtigen, vergänglichen und unfruchtbaren Arbeit cf. Peire V. Lied Nr. 5, Str. 5 (auch Leseb. 68, 62) *Plus qu'obra d'aranha. Non pot aver durada Amors.* Siehe auch Albertinus, der Welt Tummel- und Schawplatz. München 1612, p. 326.

XII [10]).

Tenzonen [11]) habe ich dieses und die folgenden 3 Gedichte überschrieben, obwohl sie nur fingirte,

---

[9]) Nach einer Bemerkung des Herrn Prof. Tobler in Berlin.

[10]) Zu diesem Gedichte und Nr. XIX standen mir einige Anmerkungen des Herrn Prof. Tobler zu Gebote, die ich mit (T.) bezeichnen werde.

[11]) Noch immer werden die Tenzonen und Partimens,

von einem einzigen Verfasser herstammende
Zwiegespräche sind, denen jedesmal eine über die Si-
tuation aufklärende Einleitung vorausgeschickt wird.
(Vgl. Diez, Poesie 190.) Dennoch sind sie dem Inhalt
nach nicht anders einzureihen, während sie sonst noch
am ehesten den Pastorellen zu vergleichen sind, welche
ebenfalls erzählend und den Dichter redend einführend
anheben und, indem dieser mit einer Schäferin ein Liebes-
gespräch anknüpft, in dramatischer Wechselrede ver-
laufen.

Die Str. dieses Gedichtes setzt sich aus 8 siebensilbigen Zeilen zusammen, deren Reime, worunter 2
weibliche, durchgehen und folgende Ordnung haben:
abbaccabec. Die Diaeresis nach der 4. Zeile
ist nicht möglich, weil die Interpunction meistens nicht
damit stimmt. Auch hier sind die Reime meistentheils

---

so auch bei Bartsch, Gesch. der pr. Lit. 34, durch einander ge-
worfen, obwohl sie zwei verschiedene Gattungen sind. Die
Leys d'Amor 1,344 ff (auch Chr. 368, 29 ff. abgedruckt) unterschei-
den genau zwischen beiden, indem sie sagen: *Tensos es contrastz
o debatz, en lo qual cascus mante e razona alcun dig o alcun*
fag etc.; *Partimens es questios ques ha dos membres contraris,
le quals es donatz ad autre per chauzir e per sostener cel que
volra elegir; e pueysh cascus razona e soste lo membre de la
questio, lo qual haura elegit.* — Diferensa pot hom pero vezer
entre tenso e partimen, quar *en tenso cascus razona son pro-
pri fag*, coma en plag; mas *en partimen* razona hom *l'autru fag e l'autru questio.* Die Tenzone ist also ein einfaches Streitgedicht,
in welchem je eine Strophe dem einen Sprechenden, die andere
dem anderen angehört, und das sich um irgend ein Factum
oder Dictum in freier Wechselrede bewegt. Zum partimen gehört aber das joc partit, d. h. dass der eine Betheiligte zunächst eine bestimmte zweigliedrige Streitfrage, zwei sich wi-
derstreitende Sätze vorlegt, von denen sich der andere einen
zur Vertheidigung aussucht; worauf jener die übrig gebliebene
Behauptung zu verfechten hat. — Jenes ist also ein in freier
Gedankencombination sich ungezwungen fortbewegendes Zwie-
gespräch, dies ein dialectisches Hin und her, das für die beiden aufgestellten Sätze immer neue Gründe und Widerlegungen
vorbringt; allerdings ist nach den L. d'Am. selbst die Verwechselung beider Gattungen eine alte, aber nichts desto weniger missbräuchliche.

nicht reiche; ein rims equivocs ist *dos* 10 (duo) und 39 (dona).

7. Der Dichter befand sich also zur Zeit noch in Montaudon, und zwar, nach dem er (v. 9 ff.) schon früher in ritterlicher Gesellschaft längere Zeit verweilt hatte, die ihm nun, da er wieder in das Kloster zurückgegangen ist, ihr Wohlwollen und ihre Freundschaft entzogen hat. Er hatte (v. 31—32), bevor er zu den Lectionen zurückkehrte, schon die Absicht gehabt, nach Spanien, d. h. zu seinem Gönner Alphons II. von Aragonien zu gehen. Weshalb er den Gedanken aufgab ist nicht klar; jedenfalls fällt das Gedicht nach einem ein — bis zweijährigen Aufenthalt (9—10) in der Priorei zu Montaudon, der auf eine längere Abwesenheit von derselben folgte, und es soll nun seinen Entschluss, neuerdings in die Welt zurückzugehen, rechtfertigen. Es ist demnach eine Art Programm für seine neue weltliche Lebensperiode.

6. *venguis* 2 S. Perf. Ind. für *venguist*, ebenso v. 33: *fezis*, 39: *sofris*. Siehe Diez 2³, 213. Einmal findet sich im Don. prov. des Uc Faidit p. 14: *ames-amavisti*, was aber nur ein Druckfehler ist, da er sonst keine Spur dieser Form hat und eine Variante zu dieser Stelle ebenfalls *amest* liest. (T.)

12. *servis* 1 Sing. Praes. Ind. für *servisc*, ebenso *obezis* Chr. 75, 16. *partis* ib. 45, 11 *dormis* 74, 30.

14. „Herr Rando, dem Paris gehört". R. muss ein Versteckname für König Philipp II. August sein.

16. „Er und ich glaube, dass darüber klage er, wie ich"? Das *en* könnte auf die Entfremdung der Barone gehen; es bleibt aber doch unklar; auch C's Lesart genügt nicht, denn mit Diez zu übersetzen: „und ich glaube, er bedauert, dass meine Wanderungen aufhören" legt in das *plaigna* mehr hinein, als erlaubt ist.

24. Vgl. Biogr.: *et el portava tot a Montaudon al sieu priorat; mout crec e meilloret la soa gleisa.*

25. *tem que faillis*. Siehe Anm. zu 1, 41. *faillis*

ist, da Indic. nach *tem* unmöglich, Imperf. Conj., wobei nur die consecutio temporum eigenthümlich ist. Nach L. d'Am. 2, 278, ist eine solche Verbindung eines Praes. mit Conj. Imperf. besonders nach einer Conjunction des Zweckes zulässig. (T.)

30. *n'aïs*. Bartsch folgt Rayn. 3, 575. 2. und nimmt dazu einen Infinitiv *aïr* = fr. haïr an, obwohl sonst pr. nur noch im Boeth. v. 197 *aïssent* (als Partic.) vorkommt; sonst ist prov. *azirar* allein gebräuchlich. Diese Übersetzung von Rayn.-B. würde aber den Nonsens ergeben „Wegen der Welt, die mich nicht darob hasst, kehrte ich in das Kloster zurück", womit auch Str. 2 in Widerspruch steht. Diez übersetzt daher auch, von ihnen abweichend „obwohl mir die Welt nicht zuwider war" — was sich nicht mit dem Texte vereinigen lässt. — Das Richtige scheint zu sein, ein Adj. *aïs*, cas. obl. *aïn* anzunehmen (das nicht von einem *aïr* kommen kann, das es sonst *aïtz* heissen müsste); dies kommt auch wirklich vor in einem Gedicht des Jaufre Rudel, M. W. 1, 66 (auch M. G. 143): „*so qu'eu ruoill, m'es tant aïs, qu'en aissim me fadet mos pairis* (hat mich mein Pathe gefeit), *qu'ieu ames e non fos amatz*", wo Rayn. *dédaigneusement refusé* übersetzt, „gehässig, abgeneigt" aber entschieden besser passt. Hiervon haben wir hier ein abgeleitetes Verbum nach der 1.: *ahinar* in der 2. Sing. Conj. mit der Bedeutung „hassen" (T.) — Ich übersetze demnach: „Damit Du (Gott) mich nicht wegen des weltlichen Treiben hassest, kehrte ich zu den Lectionen zurück". — *Pel segle* gehört mit in den von *que* abhängigen Satz und ist darin nochmals durch *ne* aufgenommen. — eine Freiheit der Wortstellung, die die romanischen Sprachen auch sonst mit den klassischen theilen (vgl. hier XV, 27: *de vos no cuit que nuls bes n'esper*, und Bartsch, Denkm. 63, 15 „*yeu digas quet trameti*, sage dass *ich* dich sende" und Anm. dazu) und die den Zweck hat, dem Hauptbegriff durch die Stellung an der Spitze des Satzes ausserhalb seines eigentlichen Gefüges, mehr Nachdruck zu geben.

32. *Tanar d'Esp.* für *en Esp.* Ebenso Chr. 161, 3
al intrar del estor, „beim Eintreten in den Kampf“ (T).

35. König Richard Löwenherz muss gemeint
sein, wie (schon Diez machte darauf aufmerksam) die
Erwähnung der Mark Sterlinge (Z. 38) und seiner
Gefangenschaft (Z. 43), durch welche für den Besitz
des kaum errungenen Accon Besorgnisse entstehen
mussten, beweisst. — Solairos, wie D liest (bei
Bartsch und Rayn. Salaros) ist unbekannt, bestätigt
aber eine frühere Vermuthung Tobler's, der darunter
Olairos (pr. Form für Oléron, die bekannte kleine
Insel an der Mündung der Charente), zu Aunis, und
also damals den Engländern gehörig, finden zu können
glaubte. Aus dem vorhergehenden *es* konnte leicht
der falsche Anlaut *s* an den Namen antreten, zumal
er den Schreibern unbekannt sein mochte.

36. *amis* für *amics* häufig im Reime, vgl. Chr. 41,
12; 74, 22; 224, 14. Leseb. 32, 10: ami.

37. Diez übersetzt diese Zeile nicht und B. giebt
hier für *afranher* die Bedeutung: „*manquer*, gebrechen“
an, was unmöglich ist, schon weil *o* nur Acc., nicht
Nomin. sein kann. — *Afranher* ist ein sehr dunkles
Wort, so wird im Don. prov. p. 23 *afrais* mit consola-
tus est übersetzt. Sicher ist, dass es sich meist reflexiv gebraucht findet (so in unklarer Bedeutung
Chr. 123, 19) und zwar häufig von der Nachgie-
bigkeit der Geliebten, z. B. MW. 2, 19: *s'a lei platz
que ja vas mi s'afragna*, „dass sie ihren starren Sinn
breche“; MG. 28, 5: *braus cors s'afraing*, „trotziges
Herz beugt sich, fügt sich“. Auch hier XI, 24, wo es
„sich überwinden“ bedeutet (T.). — Vielleicht hat das
nicht reflexiv gebrauchte Verbum daher die Bedeutung
bekommen, „einem anderen den Sinn brechen, ihm
etwas ausreden“, so hier: „Daher rathe ich denn,
daß er (König Richard) dir es (das Verbleiben im
Kloster) ausrede“.

39. „mit den Geschenken an Dich“.

47. „würden daselbst arger Türken viel sein“.

XIII.

In der ersten Zeile beruft sich der Dichter selber
auf eine schon früher stattgefundene Zusammenkunft
mit Gott im Himmel; dies kann nur auf die vorhergehende und nicht auf die folgende Tenzone gehen, denn
1) heisst es hier v. 1 *fui a parlamen*, also zur
Unterredung, und nur in der vorigen Tenzone
unterhält sich der Mönch selber mit Gott; in der folgenden ist er während beider von ihr geschilderten
Verhandlungen nur stummer Zuhörer.

2) ist es auch dem Inhalte nach passender anzunehmen, dass die folgende Tenzone, namentlich wegen
ihres zweiten Theiles, erst nach dieser gedichtet ist.
Hier denkt sich der Mönch, dass nur erst die Heili-
genbilder (siehe Anm. zu v. 3) ihre Klage über das
Schminken der Weiber beim himmlischen Vater[12]) ange-
bracht haben. Dieser will nun den Mönch beauftragen,
die Frauen davon abzubringen. Der aber weigert sich
nicht nur dessen, sondern vertheidigt sogar die Frauen
noch gegenüber den Heiligenbildern. Da Gott also
einsieht, auf diese Weise nichts erreichen zu können,
zieht er es vor, erst noch einmal beide Parteien vor
sich zu citiren, beide Kläger und Beklagte anzuhören
und dann einen Vergleich zwischen ihnen zu versuchen.
Diese Verhandlungen schildert uns nun die zweite
Hälfte der folgenden Tenzone.

Übrigens steht der Mönch mit seinen Klagen

---

[12]) Die ungezwungene, gemüthliche Art und Weise seines hier von dem Mönche angenommenen Verkehrs mit Gott
und der derbe, zuletzt sogar unfläthige Ton, in dem er selbst Letzteren sprechen und die Weiber bedrohen lässt, sind selbst als
Scherze für unser Gefühl verletzend und gradezu widerwärtig;
nicht so für die Anschauungs- 'und Denkweise des mittelal-
terlichen Menschen, der noch mehr Naturmensch und deshalb
den Griechen ähnlicher, als wir, sich Gott und seinen himmlischen Hofstaat sehr anthropomorphistisch vorstellte. Man
denke z. B. an die oft nicht minder handgreiflichen Spässe und
ungenirten Redewendungen, die Heilige und sogar die aller-
höchsten Bewohner des Himmels in den französischen Myste-
rien sich erlauben.

über das übermässige Schminken der Frauen zu seiner
Zeit nicht vereinzelt da. Man vergleiche was das
Fragment aus dem Miserere des Reclus de Moilien, eines Zeitgenossen Königs Heinrich II. von England (nach Ducange, Ed. des Ioinville, préf. XCIX,
Paris 1668), bei Bartsch Chr. fr. ² 341, 11 — 342, 36 über
denselben Gegenstand sagt.

Die Strophe ist ganz gleich der des vorigen
Gedichtes, nur dass die beiden weiblichen Versaus-
gänge sich hier in der 2. und 3. Zeile finden und die
Reime nach folgendem Schema geordnet sind:

a	Eine Diäresis nach der 4. Zeile, und
b◡	für den Abgesang 2 versus anzuneh-
b◡	men, ist erlaubt, da die Interpunction
a	durchgängig dazu stimmt. — Die 4
c	Tornaden dürfen uns nicht wundern;
d	da der gewöhnliche Vers oder die Can-
d	zone 2 und selbst 3 Geleite haben
c	

darf, kann die Tenzone 4 haben, indem jedem der
Streitenden je 2 davon zukommen.

3. *vout.* Die „vout" in dieser und der folgenden
Tenzone sind schon sehr verschieden, aber wohl noch
nirgends˙ richtig erklärt. Millot 3, 165 findet darin
abwechselnd Mönche und Votivgemälde; ihm
folgt Diez nicht nur in der Inhaltsangabe des folgenden, das Schminken der Frauen betreffenden Stückes,
sondern auch bei Besprechung dieses Gedichtes, das
ihm doch im Choix vollständig gedruckt vorlag, redet
es immer von Votivgemälden. Mahn, Anm. zu
Ged. 393 (G. 2, S. 67) will nur Mönche darunter
verstanden wissen. Fauriel endlich, poésie pr. 2,
193 sagt: „ce sont les murailles et les voûtes
des maisons. *Ces voûtes, ces murailles vivent, elles
parlent et ont de grandes choses à dire etc.*" und meint
dann „*qu'il y a quelque chose d'Aristophanesque dans
cette idée*". Rayn. übersetzt es 1) mit moine, reli-
gieux (votus) 2) visage face. Unter *tortura* übersetzt er aber hier Z. 10—11: „*par tordure les cour-
bés perdent leur droit.* — Das Richtige liefert uns —

worauf mich Prof. Tobler zuerst aufmerksam gemacht
hat — das Reimlexicon zu den Gramm. Prov. p. 57ᵃ:
voutz-imago ligni. Danach scheint es von lat. v u l t u s
zu kommen und eine Bezeichnung für die H e i l i g e n -
b i l d e r zu sein, die aus Holz, Thon, Stein etc., ver-
fertigt und meist p o l y c h r o m i s t i s c h b e m a l t über-
aus zahlreich in den Kirchen des Mittelalters aufge-
stellt wurden.¹³) An solche dachte jedenfalls auch
Reclus de Moilien, wenn er l. c. 30—32 sagt: *rai
cheli-qui pour soie biauté aoire* s e p a i n t c o m m e
y m a g e m a r m o i r e. Dass aber unter vouts Ge-
genstände k i r c h l i c h e n Characters zu verstehen
sind, lehrt v. 72 ihre Zusammenstellung mit autar.

Dass diese, dem Leben möglichst getreu nachgebil-
deten, mit kräftiger Bemalung ausgestatteten Stand-
bilder und Reliefs von Heiligen, Aposteln und sonsti-
gen kirchlichen Personen hier lebend und redend eingeführt werden, ist dann auch eine nicht weiter über-
raschende Personification derselben, zumal ihnen viel-
fach kirchliche Verehrung gezollt wurden. — Auch bei
Peire d'Alvergne kommt (Chr. 76, 16) vout einmal ebenso vor: *dels olhs sembla vout d'argen,* wo Bartsch es
ohne weitere Begründung mit „roue, Rad“ erklärt,
während vielmehr an ein silbernes, glotzendes Bild-
werk mit offenen Augen zu denken ist.

10. *a tortura* übersetzt Rayn., mir unverständlich,
mit „*par tordure*“; *tortura* von torquere, ist zunächst
„Verdrehung“, dann specieller „Rechtsverdrehung, un-
rechte Handlung“. Wie tortum die verdrehte, unrech-
te That, als Gegentheil von directum, so bezeichnet
tortura die Thätigkeit, das Ausüben des Unrechts.

23. ist unklar.

48. Soll dies darauf gehen, dass der Urin ein
beliebtes Mittel zur Entfernung der aufgelegten Schminke

---

¹³) Vgl. über die zu dieser Zeit beliebte naturgetreue Bemalung plastischer Werke Lübke, Gesch. der Plastik, Leipzig
1863, S. 336.

48

von der Haut und überhaupt zum Abwaschen des Ge-
sichts ist, um den Teint frisch zu erhalten?
68. *non mais* „nichts weiter als, nur".

XIV.

Wir haben hier eigentlich zwei inhaltlich ganz
verschiedene Gedichte vor uns; dennoch gehören sie
eng zusammen, da der Anfang des zweiten sich ausdrücklich auf das vorhergehende bezieht, sie metrisch
und in den Reimen ganz genau übereinstimmen und
in beiden Hss. D u. I, in welchen das zweite einzig
vorzukommen scheint (Vgl. Mahn, Anm. zu Ged. 2,
S. 67), dieses sich unmittelbar an das andere anschliesst.

Da im ersten Theile der klagende Heilige allein
das Wort führt und im anderen auf die kurze Wechselrede zwischen den Heiligenbildern und den Frauen
(Str. 2—7) noch ein längeres, 11 Strophen umfassen-
des Referat des Dichters über die Beilegung des Strei-
tes und das weitere Verhalten der Weiber in der betreffenden Angelegenheit folgt, haben wir es nur in
sehr beschränktem Sinne hier mit Tenzonen zu thun;
doch lassen sich diese freien, launigen Producte eines
satirisch - humoristischen Geistes kaum einer anderen,
für die provenzalische Dichtung angenommenen Gattung einordnen.

Die Strophe dieser — der Form nach als vers
aufzufassenden — Gedichte, ist nach folgendem Schema gebaut: 8a   Der Reim b geht durch, jedoch nur
       8a   bis zur 8. Str. des zweiten Theils,
       4b   von welcher an auch für ihn mehr-
       8a   fach andere Reime eintreten.
       4b

6. St. Julian wird häufiger als Schutzpatron
der Gastfreundschaft in Anspruch nehmenden Reisen-
den angeführt. So bei Peire Vidal (M G. 42, 4)
Nr. 41, 25:

Era m'alberc dieus e sains Julians
E la doussa terra de Canaves,
Qu'en Proensa non tornarai eu jes etc.

ib. Nr 36, 25:

Domna, ben ac l'alberc saint Julian
Quan fui ab vos dins vostre ric ostal.

27. Der Graf und der König, die hier als
Verwüster von Perigord und Limousin genannt werden,
sollen nach Diez L. u. W. 343 Richard Löwenherz,
Graf von Poitiers, und sein Vater Heinrich II. von
England sein, welche 1183 diese Länder auf das
Strengste züchtigten. Jedoch würde dies mit unserer
Annahme in Betreff der Reihenfolge, in welcher wir
uns die einzelnen Tenzonen gedichtet zu denken haben,
im Widerspruch stehen (Vgl. zu XIII). Da XII in die
Zeit von König Richard's Gefangenschaft (Dec. 1192
— Febr. 1194), also c. in's Jahr 1193 fällt, so wird
dies Gedicht schwerlich vor 1193 oder 1194 entstanden sein. Es später, als Diez gethan hat, zu datiren
nöthigt uns auch der Umstand, dass der Mönch vor
1193 (s. XII, 32) seine Absicht, nach Spanien zu Alphons II. zu gehen, noch nicht ausgeführt hatte und
hier ausdrücklich Catalonien's Gastfreundschaft, wahrscheinlich doch, nachdem er sie unterdess 'an Ort und
und Stelle selber kennen gelernt hatte, besonders rüh-
mend hervorhebt. Endlich ist es überhaupt natürlicher
anzunehmen, dass dies Gedicht, in welchem der Dichter die einzelnen Provinzen des Sprachgebiets der
langue d'oc, je nach dem man ihm in ihnen gastfreund-
lich oder nicht entgegen gekommen war, lobend oder
tadelnd bespricht, gegen Ende und nicht am Beginn
seiner Laufbahn als Fahrender entstand. — Wir haben daher wohl an König Philipp II. August
von Frankreich und Richard Löwenherz,
damals freilich schon König von England, den prov.
Troubadours aber als Graf von Poitiers besonders
lieb und bekannt, zu denken und an die mehrjährigen
Kämpfe, die Letzterer sofort nach seiner Rückkehr
aus der Gefangenschaft 1194 mit Frankreich begann,
und während welcher die beiderseitigen Besitzungen,
namentlich aber solche Grenzdistricte, wie Perigord

4

und Limousin durch Mord und Verwüstung unsäglich litten.

---

1. *fait: plait* (das *i* gehört mehr zum folgenden *t*, um den palatalen Laut desselben zu bezeichnen, als zum *a*, wie die Schreibung *fag, fah, fuch, plag, plah, plach* lehren): *mesclat* bilden keinen reinen Reim, sondern mehr eine Assonanz, „*rim sonan bort*" nach L. d'Am. 1, 144 und 152. Vgl. zu IV. 50.

13. „Und uns raubt ihr die Majestät in dem Aussehen (über port vgl. R, L. R. 4, 606) der Gesichter, wenn ihr euch roth schminkt".

15. Ein Verbum *robegar*, „roth sein, Roth auflegen", hat bisher noch kein prov. Lexicon verzeichnet; Rayn. kennt nur (L. R. 5, 102) *rojeiar - rougir*. Es ist von *ruber* mit euphonischem Ausfall des zweiten *r* gebildet durch das Verbalsuffix - icare (*rubricare*), das häufig zur Bezeichnung des mit einer Farbe behaftet sein verwandt wird, so (vgl. Diez Gr. ² 2, 370) *albicare, nigricare*; it. *rossicare, verdeggiare, biancheggiare*; pr. *blanqueiar*; fr. *indoyer*. — *rojeiar* ist mit demselben, etwas veränderten Suffix von pr. *rog*, fem. *roja* (it. *roggio*, lat. *rubeus*) gebildet.

22. *lo ron* (*rons-ruga* Don. Prov. 54ᵇ) habe ich für überliefertes *la rua* gesetzt, weil das folgende sich darauf beziehende *esfachatz* hier ein Mascul. erforderte.

26. *Ditz*, und nicht *dis*, da sonst überall die directen und indirecten Reden mit dem Präsens *ditz* oder *dizon* eingeführt werden.

27. „Über 25 Jahren (d. h. wenn sie über 25 Jahr alt sind) gebe ich ihnen zu — gestattet das —, dass sie dann noch 20 zum Schminken haben, falls ihr damit zufrieden seid".

32. „Denn mehr als 10 werden wir ihnen nicht zugeben".

42. *los*, scil. *cinc anz*.

54. „Dass jede ihre Schminke mit dem eingerührten Ei zusammenstossen lässt" muss auf die Zubereitungsart der Schminke gehen. — *quecha* (fem. von

quees, jeder, auch v. 69 und 89) hier und 69 mit dem bestimmten Artikel davor, was mir sonst unbekannt ist. 59 ist mir unverständlich.

61. *tifeignon.* Rocheg. und Honnorat haben *tifaignon — chignon, toupet.* Da es sonst nicht vorzukommen scheint, ist wohl eher anzunehmen, dass es ein zur Fabrication der Schminke verwandtes Färbemittel bezeichnet; ein solches wird auch (62) *angelot* sein.

62. *borrais* wohl identisch mit dem bei Honn. I, 320, 2 angeführten npr. *bourras,* das den Bodensatz des frischen Öls bezeichnet.

67—69 sind mir unverständlich geblieben.

68. *convers: es* als Reim nicht unerhört, da *r* vor nachfolgendem *s* sehr weich und kaum hörbar gesprochen sein muss. Bartsch Leseb. 238 zu 41, 9—10, und Denkm. 55, 12—13, wo *vestirs: critz* (besser *cris*) reimen.

88. „Und dass sie Zindeln kauften, mit denen jede sich bekleidete, wenn sie Neigung dazu haben". *compréssan: an* als Reim, da die 3 Pl. Imperf. Conj. leicht im Anschluss an die 1 u. 2 Pl. den Ton auf die letzte Silbe erhalten konnte, jedenfalls nicht auffälliger, als Bartsch, Denkm. 1, 2—3 *per que: vostré* (allerdings in einer Ballade) oder bei Guir. Riquier 37, 55—57 *ples: nostrés* etc., s. Bartsch l. c. 318 zur angef. Stelle.

XV.

Auch dies ist keine reine Tenzone, da der Dichter beiden Streitenden, dem Reichen und dem Armen, seine eignen Worte in den Mund legt. — Da v. 60 der G r a f v o n U r g e l[14]) als Schiedsrichter erwählt wird, scheint das Gedicht erst während des Aufenthalts in Spanien gedichtet zu sein. — Die S t r o p h e zerfällt in 2 congruente Theile, die sich je aus 3 zehnsilbigen Zeilen mit männlichen Reimen und theils männlicher, theils weiblicher Caesur nach der 5. Silbe

--

14) *Urgel* ist eine Stadt in Catalonien am oberen Segre, einem Nebenflusse des Ebro auf der linken Seite.

und einer 4. fünfsilbigen, weiblich reimenden Zeile zu-
sammensetzen; ihr Schema [15]) ist:

$5(\smile) + 5a$ Der weibliche Reim geht allein
$5(\smile) + 5a$ durch. Man könnte auch im-
$5(\smile) + 5a$ mer eine Hälfte schon als Strophe
$5b\,\smile$ auffassen, von denen zwei dann
$5(\smile) + 5a$ stets durch gleiche Reime gebun-
$5(\smile) + 5a$ den wären, doch steht dem der
$5(\smile) + 5a$ enge Zusammenhang von v. 4
$5b\,\smile$ und 5 in der 1. Str. entgegen.

— Bartsch, Denkm. 318 zu 2, 21 irrt übrigens, wenn
er hier dasselbe Versmass, wie in einer dort mitge-
theilten Ballade zu finden glaubt, da abgesehen von
anderen kleinen Verschiedenheiten dort der 4. und 8.
fünfsilbigen Zeile unsrer Strophe 2 ein engeres Ganze
ausmachende fünfsilbige Zeilen jedesmal entsprechen.

1. Der Zusammenhang lehrt in der Folge, dass
unter dem *frairis* nicht ein gewöhnlicher armer Mensch,
sondern der Herkunft des Wortes entsprechend, ein
Bettelmönch zu denken ist.

5. Hier und, wo sonst vereinzelt die Hs. *ditz* hatte,
habe ich, um Gleichförmigkeit in der Einführung der
Reden herzustellen, in das Praeter. *dis* geändert, da
für dieses die Majorität der betreffenden Stellen sprach.

34. *formis*, wahrscheinlich dem Reim zu Liebe für
formitz „Ameise", die das Symbol des vorsorglich spa-
renden und Vorräthe aufhäufenden Reichen ist.

45—56. Die Reime zeigen, dass diese Verse in der
von mir befolgten Weise zu ordnen sind. 49—52 ist
eine Lücke anzunehmen, in der der *manens* erst noch
dem *frairi* auf 45—48 antwortete.

45. *graissans*. Es ist ein alter Volksglaube, dass
die Kröte vom Fressen der Erde sich nähren müsse
und nun in Sorge ist, die Erde könnte doch einmal
alle werden, weshalb sie täglich nicht mehr frisst, als
sie mit dem linken Fusse fassen kann. Daher ist sie
das Sinnbild des Geizes, des Neides und der

---

[15]) + bezeichnet die Caesurstelle.

Gier. — Auf romanischem Gebiete kenne ich ausser
der hier vorliegenden, ältesten Anspielung auf diese
Fabel, nur noch eine einzige. In den Fiore di Virtù heisst es nämlich (s. Sacchetti, opere pubbl. p.
Gigli, Firenze 1857, t. 1, Pref. CIX): *Botta - E puossi
appropriare l'avarizia alla botta, che vive di terra, e per
paura che la terra non le venga meno, mai non si toglie
fame.* Danach ebenso bei Sacchetti a. a. O. p. 256,
der sich aus dem *Fiore di Virtù* eine Art Bestiarium
ausgezogen hatte. — Auf deutschem Gebiete ist die
Lage sehr verbreitet, so schon im Renner v. 4861:

> diu Krote getar der erden nicht
> sat werden, wan si sich versiht
> daz ir der zerinne.

Ähnlich in Vintler's Blume der Tugend, siehe Hpt's
Ztschr. 9, 73. Weitere Belege s. Albertinus, Der
Welt Tummel- und Schawplatz, München 1612, 361.
Ztschrft für dtsche Mythol. 1, 362. Garten-
laube 1873, Nr. 8, S. 131, wo auch aus Hans Sachs
zwei Stellen angeführt werden, und Grimm, Dtsch.
Wörterbuch unter Kröte.

XVI.

Dies und die 3 folgenden Gedichte sind der Form
nach vers, dem Inhalt nach sind sie als Sirventesen
und specieller als enueg zu bezeichnen (s. Leys d'Am.
1, 350; auch Bartsch Chr. 372, 4), eine Gedichtsgat-
tung, in welcher der Dichter, ohne einen bestimmten
Gedankengang einzuhalten und mit absichtlicher Zusammenstellung der heterogensten Sachen alle Dinge
aufzählt, die ihm zuwider sind. Ein Gegenstück dazu
ist (Nr. XX) das plazer (L. d'Am. a. a. O.), in welchem er alles ihm liebe und angenehme zusammen-
stellt.

Es sind uns sonst auf dem Gebiete der prov.
Troubadourpoesie keine weiteren Beispiele dieser Dich-
tungsart überliefert. Doch scheint der Mönch v. M.,
falls er sie zuerst cultivirte, damit Beifall gefunden

zu haben, da wir auch in anderen Literaturen der-
artiges finden. So ein afr. „L'escommeniemenz
au lecheor" (Des liederlichen Vagabunden Excom-
munication) betiteltes Gedicht, von dem die Hist. litt.
d. l. Fr. 23, 98 einige (8) Verse in der Originalsprache
anführt und Le Grand d'Aussy, Fabliaux et Romans
du 12. et du 13. s. ³ t. 3, 374 ff. eine genaue Inhaltsangabe liefert. (Vgl. Raynouard's Anzeige davon im
Journ. des Sav. 1830 April p. 199). Dieses, oft äusserst
ausgelassene Gedicht soll die Bannflüche der Kirche
lächerlich machen und, mit den eifersüchtigen Ehemän-
nern beginnend, die zur Strafe von ihren Frauen be-
trogen werden, excommunicirt es der Reihe nach, keinen Stand und keine Altersklasse schonend, den armen Stolzen, das alte Weib, das sich im Spiegel be-
schaut, den Jüngling, der in's Kloster geht, den Reichen,
der allein isst, die arme Frau, die nicht spinnt, den
Ritter der den Krieg hasst u. s. w., so auch den Edel-
mann, der seine Thür dem Spielmanne, der ihm von
Roger Olivier und Roland singen will, verschliesst,
und den Erfinder der Würfel, *„auteur de ma ruine"*.

Ein katalonisches enuig de mossen Jordi
(über den Dichter vgl. Ticknor 1, 267, Anm. 3) aus
der Mitte des 15. Jahrh. theilt Bartsch im Jahrb. 2,
288 mit. Es beginnt:

Enuig, enamich de jovent,
Combatador del pensament,
M'enuja tant, que res plasent
No puig veher etc.

und lässt unschwer die Nachahmung, stellenweise
selbst die wörtliche Entlehnung von dem prov. Vorbilde erkennen.

Am schnellsten scheint die neue Dichtungsgattung
in Italien Eingang gefunden zu haben. Die Chro-
nik des Mönches Fra Salimbene aus Parma
(geschr. zwischen 1221 und 1288 oder 1290, und her-
ausgeg. in den Monum. histor. ad prov. Parmensem et
Placentinam pertin. III, 1) überhaupt eine ergiebige
Quelle für die Sitten- und Culturgeschichte Italiens im

13. Jahrh. und viele Schwänke, Volkslieder, Satiren u. dgl. m. enthaltend, führt auch zu wiederholten Malen aus einem italiänischen Gedicht, das er liber taediorum nennt, und dessen Autor nach ihm ein schon zu Zeiten seines Oheims lebender Gerhard Pateclus war, gelegentlich einige Verse an. Mussafia hat diese Stellen im Jahrb. 6, 223 ff. zusammen gestellt. Fra Salimbene hat dann auch selber ein solches liber taediorum 1259 gedichtet (a. a. O. 238). Ebenda hat Mussafia auch ein Sonett gleichen Inhalts von Bindo Bonichi aus Siena († 1337) und ein längeres Gedicht derselben Gattung in Terzinen von Antonio Pucci aus Florenz (lebte im 14. Jahrh.), dies aber nur im Auszuge, mitgetheilt. Nach einigen einleitenden Worten giebt Letzteres in nicht weniger als 95 Terzinen, die alle mit den Worten *a noja m'è* anheben, eine reichhaltige Sammlung von allerlei Unannehmlichkeiten, nam. aber solchen, die auf unanständigem Betragen bei Tisch beruhen. —

Das erste Enueg hier ist insofern ein nicht ganz vollkommener Repräsentant der Gattung, als der Dichter in der letzten Str. vom Thema abweicht und des Gegensatzes halber das ihm Angenehme angiebt.

Die Str. besteht aus 7 achtsilbigen Zeilen mit den durchgehenden Reimen a a b b a a b und lässt keine Gliederung zu.

1. Robertz vielleicht R. I, Delphin v. Auvergne (1169—1234), s. Einl. S. 4.

XVII.

In der Form sind dies, das folgende Gedicht und das Plazer (XX) ganz gleich, indem sie alle dieselbe aus 6 achtsilbigen Zeilen zusammengesetzte Str. mit *rims continuatz* (a a a etc.) *e singulars* (der Reim wechselt von Str. zu Str.) haben; auch die Eigenthümlichkeit theilen sie mit einander, dass einige Str. weiblich, andere männlich gereimt sind, so dass Diez, Poesie

95 Anm., meint, der Verfasser habe eine eigne Lieder-
art, Descort, liefern wollen,

10 avol. Da sich sonst nie bei dem M. v. M. die
spätere zusammengezogene Form aul findet, habe ich
auch hier in avol corrigiren zu müssen geglaubt.

12. Köln am Rhein, die heilige Stadt ist gemeint, die seit Ankunft der heiligen drei Könige daselbst (1162) das Ziel unzähliger Pilgerfahrten, nicht
nur aus Deutschland, sondern auch aus Frankreich,
Italien und England geworden war.

XVIII.

6. massa traire, L. Rom. unter traire übersetzt:
amasser trop; es heisst aber: „den Streitkolben schlep-
pen“. Die massa ist eine unritterliche, nur den Knech-
ten zukommende Waffe.

15. „Und wenn einer Stück für Stück es (das
Brod) mir zuschneidet“.

18. guaizailla „Gewinn“, mit dem meist Collectiva
bildenden Suffix- alia von ahd. weida (s. Diez E. W.² 1,
228) gebildet, während sonst allerdings durchgängig
im Romanischen dieser Stamm nur als guadagn —
(mit moullirtem n) auftritt, sei es nun direct einem
ahd. weidanjan entlehnt oder von weida mit dem rom.
Suffix — agn weitergebildet.

24. d. h.: wenn die wärmere Jahreszeit vorbei ist.

VITA.

Ich, Emil Moses Philippson, bin geboren am
4. Juli 1851 zu Magdeburg als zweiter Sohn des daselbst ansässigen, 1871 zu Crimmitzschau im König-
reich Sachsen verstorbenen Kaufmanns Julius Philippson, geboren in Dessau; meine Mutter heisst Bertha,
geb. Hirsch aus Halberstadt. Nachdem ich in meiner Vaterstadt den Elementarunterricht auf der städtischen
Vorbereitungsschule genossen hatte, wurde ich Ostern
1859 als Schüler in die Sexta des zuletzt unter der Leitung des Herrn Dir. Wichert stehenden Königlichen
Domgymnasiums daselbst aufgenommen und verliess
Ostern 1869 die Prima desselben mit dem Zeugniss der
Reife. Darauf bezog ich als Student der Philologie zunächst die Universität zu Bonn und hörte dort während
dreier Semester, mich hauptsächlich mit indogermanischer
Sprachwissenschaft und insbesondere mit moderner Philologie beschäftigend, die Vorlesungen der Herren Professoren
Diez, Delius, Simrock und Gildemeister. Am
24. October 1870 erlangte ich sodann die Immatriculation
an der Universität zu Leipzig, wo ich während zweier
Semester die Collegia der Herren Professoren Ebert,
Zarncke, Curtius, Brockhaus, Hildebrand
besuchte, und ging endlich auf fernere drei Semester
nach Berlin. Dort wurde ich am 21. October 1871
in das Album der Universität inscribirt und, mich mehr
und mehr auf das Studium der romanischen und deutschen
Philologie beschränkend, folgte ich namentlich den Vorlesungen der Herren Professoren Tobler und Müllen-

h o ff, nahm auch an den Uebungen ihrer wissenschaft-
lichen Gesellschaften, sowie denen des Seminars für
neuere Sprachen unter der Leitung des Herrn Professors
H e r r i g daselbst, Theil. Allen den genannten Herren
werde ich mich für die gewonnene Anreguug und Be-
lehrung zu stetem Danke verpflichtet fühlen.